瑞蘭國際

瑞蘭國際

趣上日本語 新版

林京佩、陳冠敏、木村翔　著

作者群序

本書是專為想要輕鬆學會日語的學習者，精心製作的日語入門教材。學習者可以透過本書中簡單且實用易懂的內容，快樂地學會日語入門平、片假名，並且輕輕鬆鬆開口說日語。

作者群認為語言學習與文化是密不可分，因此本書除了幫學習者奠定扎實的日語基礎外，還增加了目前坊間大部分日語入門教材中，鮮少有的道地日本文化介紹，目的是讓學習者能藉由本書輕鬆了解日本文化，成為一位日本達人。

本書最大的期望是讓學習者可以把學習日語轉變成為有趣、好玩的過程。因此編排內容實用的生活單字、實際情境對話練習，更加上了大量有趣的日本文化介紹，讓學習者可以透過「日本文化體驗」了解日本人的食、衣、住、行生活面面觀，同時還可以立即現學現用動手試做看看，藉此讓學習趣味倍增，提升學習效果。

透過常識知識兼備的「挑戰日本通」單元，在一問一答的遊戲學習中，讓學習者得到有用的資訊，並且有助於日後的日本旅行與交友。作者群深信這是一本充滿新鮮想法、可以滿足學習者所需的日語入門書籍，也希望學習者會喜歡作者群的精心企畫。再者，為使內容更貼近日本現況與潮流，作者群於2023年末，針對內容進行改訂。

最後，感謝瑞蘭國際出版的專業團隊，一路相挺、全力支持，在此致上誠摯的謝意。

林京佩 陳冠敏 木村翔

如何使用本書

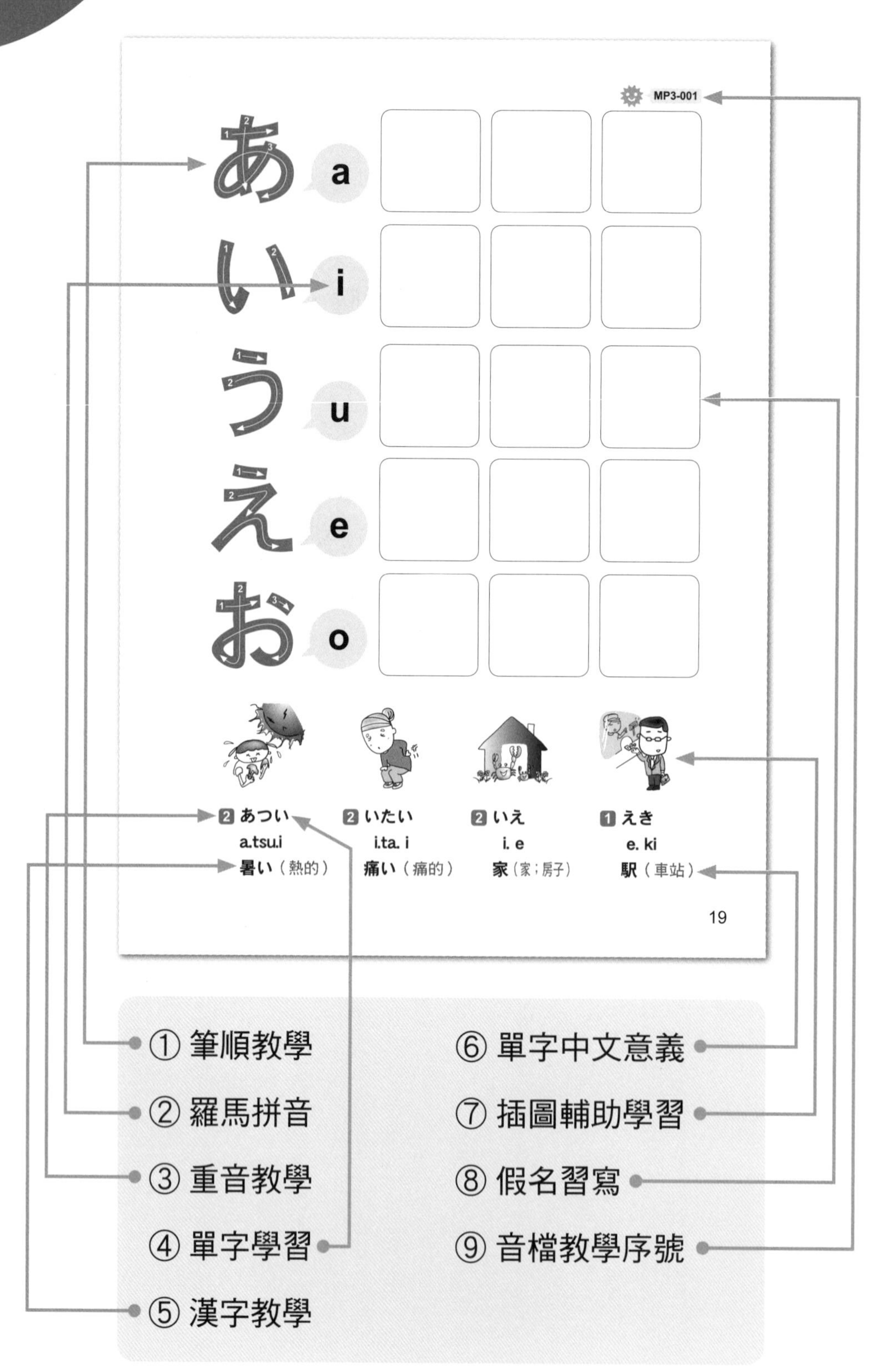

MP3-001
あ a
い i
う u
え e
お o
2 あつい
a.tsu.i
暑い（熱的）
2 いたい
i.ta. i
痛い（痛的）
2 いえ
i. e
家（家；房子）
1 えき
e. ki
駅（車站）
19
① 筆順教學
② 羅馬拼音
③ 重音教學
④ 單字學習
⑤ 漢字教學
⑥ 單字中文意義
⑦ 插圖輔助學習
⑧ 假名習寫
⑨ 音檔教學序號

Step1

從50音開始，打下日文學習根基（本書第一課～第三課）

本書第一課到第三課，學習平假名和片假名的「清音」、「濁音」、「半濁音」、「促音」、「拗音」、「長音」等等，是學習日文的第一步！除了有完整的「筆順教學」、扎實的「假名習寫」、輔助記憶的「相關單字」、跟著一起唸的「音檔教學」之外，還有聽聽看、寫寫看等等有趣的「練習活動」，讓你輕輕鬆鬆，不知不覺便學會日文50音！

Step2

進階學習基礎句型，奠定日文學習基礎（本書第四課～第十課）

本書第四課到第十課，為可以運用在日常生活中之日文必學基礎課程。有「自我介紹」、「こ・そ・あ・ど」系列的「指示代名詞」等等，是學習日文的第二步！只要跟著本書依序學習「文型」、「會話」、「說說看」、「文型解說」，並搭配音檔一起朗讀與記憶，必能在最短的時間內，成為聽、說、讀、寫皆在行的日文達人！

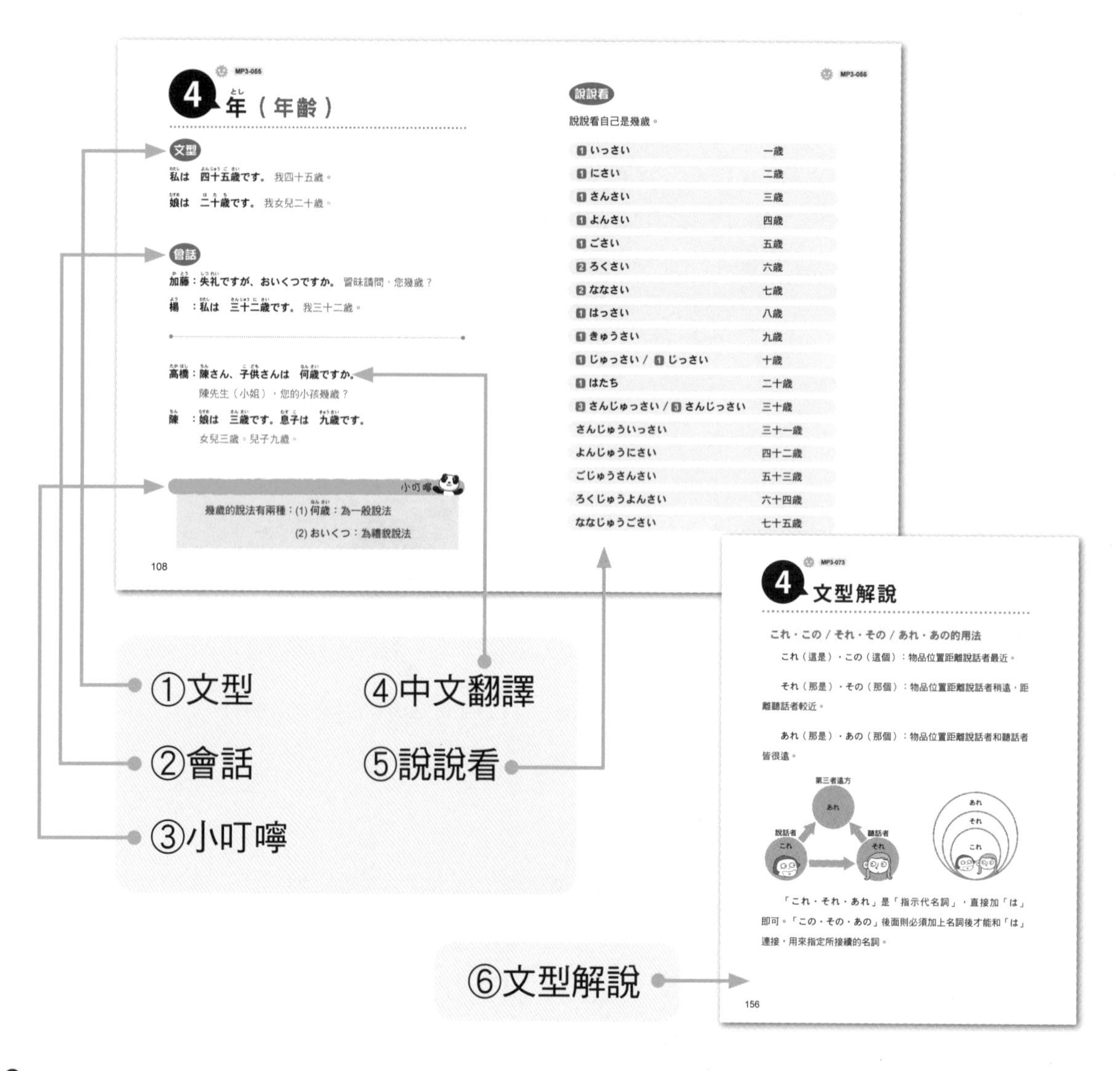

Step3

延伸學習多元化的內容，打開日文學習新視野（日本文化體驗＋附錄）

在學習日文必學基礎句型的同時，本書還加上多元化與日本文化相關的知識，以及附錄豐富實用的內容，不但可以當作補充教材，還能增進日文基礎實力。

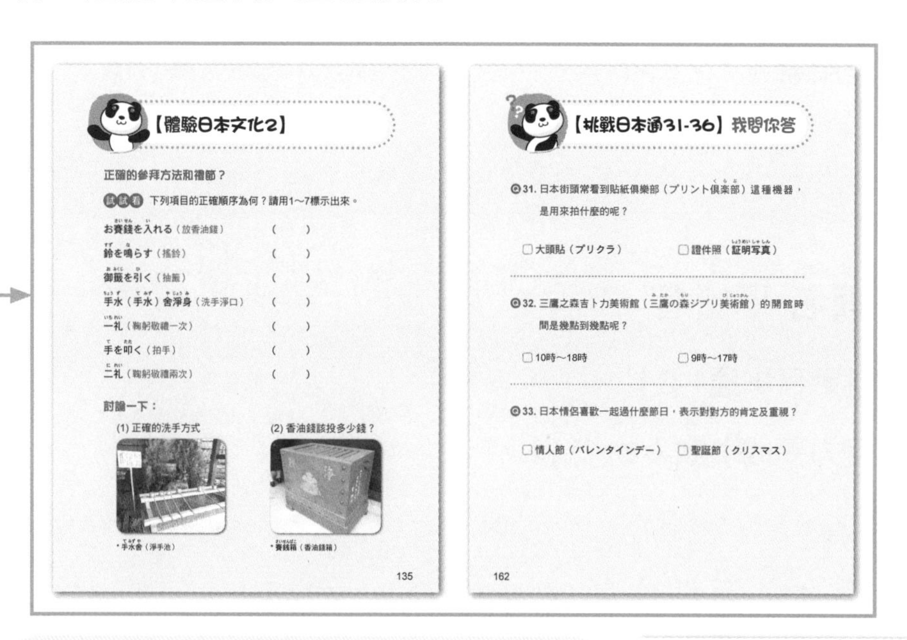

【體驗日本文化2】

正確的參拜方法和禮節？

試試看 下列項目的正確順序為何？請用1～7標示出來。

お賽銭を入れる（放香油錢）　（　　）
鈴を鳴らす（搖鈴）　（　　）
御籤を引く（抽籤）　（　　）
手水（手水）舎浄身（洗手淨口）　（　　）
一礼（鞠躬敬禮一次）　（　　）
手を叩く（拍手）　（　　）
二礼（鞠躬敬禮兩次）　（　　）

討論一下：

(1) 正確的洗手方式　(2) 香油錢該投多少錢？

・手水舎（淨手池）　・賽銭箱（香油錢箱）

135

【挑戰日本通31-36】我問你答

◎31. 日本街頭常看到貼紙俱樂部（プリント倶楽部）這種機器，是用來拍什麼的呢？

□大頭貼（プリクラ）　□證件照（証明写真）

◎32. 三鷹之森吉卜力美術館（三鷹の森ジブリ美術館）的開館時間是幾點到幾點呢？

□10時～18時　□9時～17時

◎33. 日本情侶喜歡一起過什麼節日，表示對對方的肯定及重視？

□情人節（バレンタインデー）　□聖誕節（クリスマス）

162

學習日文，也要對日本文化有基本認識。本書隨時穿插「體驗日本文化」、「挑戰日本通」，包羅萬象的各種日本文化不但可以轉換學習心情，也能更了解日本。

附錄的內容範圍廣泛，不但可以記憶必學數字和形容詞，還可以學會日本各地和世界各國的日文說法。

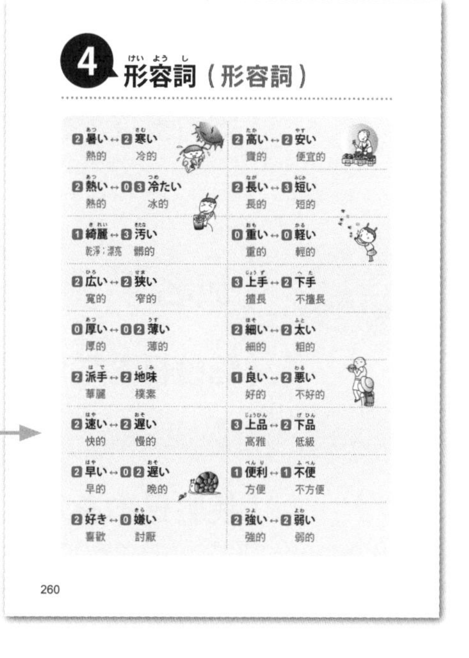

4 形容詞（形容詞）

2 暑い ↔ 2 寒い 熱的　冷的	2 高い ↔ 2 安い 貴的　便宜的
2 熱い ↔ 0 3 冷たい 熱的　冰的	2 長い ↔ 3 短い 長的　短的
1 綺麗 ↔ 3 汚い 乾淨；漂亮　髒的	0 重い ↔ 0 軽い 重的　輕的
2 広い ↔ 2 狭い 寬的　窄的	3 上手 ↔ 2 下手 擅長　不擅長
0 厚い ↔ 0 2 薄い 厚的　薄的	2 細い ↔ 2 太い 細的　粗的
2 派手 ↔ 2 地味 華麗　樸素	1 良い ↔ 2 悪い 好的　不好的
2 速い ↔ 2 遅い 快的　慢的	3 上品 ↔ 2 下品 高雅　低級
2 早い ↔ 0 2 遅い 早的　晚的	1 便利 ↔ 1 不便 方便　不方便
2 好き ↔ 0 嫌い 喜歡　討厭	2 強い ↔ 2 弱い 強的　弱的

260

目次

如何掃描 QR Code 下載音檔

1. 以手機內建的相機或是掃描 QR Code 的 App 掃描封面的 QR Code。
2. 點選「雲端硬碟」的連結之後，進入音檔清單畫面，接著點選畫面右上角的「三個點」。
3. 點選「新增至『已加星號』專區」一欄，星星即會變成黃色或黑色，代表加入成功。
4. 開啟電腦，打開您的「雲端硬碟」網頁，點選左側欄位的「已加星號」。
5. 選擇該音檔資料夾，點滑鼠右鍵，選擇「下載」，即可將音檔存入電腦。

日語音韻表

〔清音〕

	あ段	い段	う段	え段	お段
あ行	あ ア a	い イ i	う ウ u	え エ e	お オ o
か行	か カ ka	き キ ki	く ク ku	け ケ ke	こ コ ko
さ行	さ サ sa	し シ shi	す ス su	せ セ se	そ ソ so
た行	た タ ta	ち チ chi	つ ツ tsu	て テ te	と ト to
な行	な ナ na	に ニ ni	ぬ ヌ nu	ね ネ ne	の ノ no
は行	は ハ ha	ひ ヒ hi	ふ フ fu	へ ヘ he	ほ ホ ho
ま行	ま マ ma	み ミ mi	む ム mu	め メ me	も モ mo
や行	や ヤ ya		ゆ ユ yu		よ ヨ yo
ら行	ら ラ ra	り リ ri	る ル ru	れ レ re	ろ ロ ro
わ行	わ ワ wa				を ヲ o
	ん ン n				

〔濁音・半濁音〕

が ガ ga	ぎ ギ gi	ぐ グ gu	げ ゲ ge	ご ゴ go
ざ ザ za	じ ジ ji	ず ズ zu	ぜ ゼ ze	ぞ ゾ zo
だ ダ da	ぢ ヂ ji	づ ヅ zu	で デ de	ど ド do
ば バ ba	び ビ bi	ぶ ブ bu	べ ベ be	ぼ ボ bo
ぱ パ pa	ぴ ピ pi	ぷ プ pu	ぺ ペ pe	ぽ ポ po

〔拗音〕

きゃ キャ kya	きゅ キュ kyu	きょ キョ kyo	しゃ シャ sha	しゅ シュ shu	しょ ショ sho
ちゃ チャ cha	ちゅ チュ chu	ちょ チョ cho	にゃ ニャ nya	にゅ ニュ nyu	にょ ニョ nyo
ひゃ ヒャ hya	ひゅ ヒュ hyu	ひょ ヒョ hyo	みゃ ミャ mya	みゅ ミュ myu	みょ ミョ myo
りゃ リャ rya	りゅ リュ ryu	りょ リョ ryo	ぎゃ ギャ gya	ぎゅ ギュ gyu	ぎょ ギョ gyo
じゃ ジャ ja	じゅ ジュ ju	じょ ジョ jo	びゃ ビャ bya	びゅ ビュ byu	びょ ビョ byo
ぴゃ ピャ pya	ぴゅ ピュ pyu	ぴょ ピョ pyo			

輕鬆學日語標準語調（アクセント）

日語的語調與英文的重音不同，是較類似國語的高低音調。

日語的語調分為四種型態，分別為「平板型」、「頭高型」、「中高型」、「尾高型」。而標記方式則有兩種，一種是劃線標示，一種是以數字標示。說明如下：

平板型	頭高型
無「高音核」存在，所以劃線是以「一直線」標示，若用數字則是以 0 來標示。發音時第一個假名略發低音，之後唸其他假名時都是高音。	「高音核」在單字的第一個假名上，劃線是標示在第一個假名上，若用數字則是以 1 來標示。發音時第一個假名發高音，之後其他假名都是低音。
發音口訣：先略略低下頭，再高高抬頭	**發音口訣：**先高高抬頭，再低下頭
例：ほし 0（星星）	**例：**ほん 1（書）

中高型

「高音核」在單字中間的假名上。例如「たまご」（蛋）這個單字，高音核在「ま」這個假名上，所以劃線是在第二個假名上，數字則是以 **2** 來標示。發音時第一個假名發低音，之後唸「ま」要發高音，後面其他假名都是低音。

發音口訣：先低下頭再抬高頭，之後又低下頭

例：たまご **2**（蛋）

尾高型

「高音核」在單字最後一個假名上。例如「さしみ」（生魚片）這個單字，高音核在「み」這個假名上，所以劃線是在最後一個假名上，數字則是以 **3** 來標示。發音時第一個假名發低音，之後到「み」為止的假名要發高音。

發音口訣：先低下頭，之後一直抬頭唸

例：さしみ **3**（生魚片）

假名字源

平仮名(ひらがな)の字源(じげん)（平假名字源）

安→あ	以→い	宇→う	衣→え	於→お
加→か	幾→き	久→く	計→け	己→こ
左→さ	之→し	寸→す	世→せ	曽→そ
太→た	知→ち	川→つ	天→て	止→と
奈→な	仁→に	奴→ぬ	祢→ね	乃→の
波→は	比→ひ	不→ふ	部→へ	保→ほ
末→ま	美→み	武→む	女→め	毛→も
也→や	以→い	由→ゆ	衣→え	与→よ
良→ら	利→り	留→る	礼→れ	呂→ろ
和→わ	為→ゐ	宇→う	恵→ゑ	遠→を
无→ん				

片仮名(かたかな)の字源(じげん)（片假名字源）

阿→ア	伊→イ	宇→ウ	江→エ	於→オ
加→カ	機→キ	久→ク	介→ケ	己→コ
散→サ	之→シ	須→ス	世→セ	曽→ソ
多→タ	千→チ	川→ツ	天→テ	止→ト
奈→ナ	仁→ニ	奴→ヌ	祢→ネ	乃→ノ
八→ハ	比→ヒ	不→フ	部→ヘ	保→ホ
末→マ	三→ミ	牟→ム	女→メ	毛→モ
也→ヤ	伊→イ	由→ユ	江→エ	譽→ヨ
良→ラ	利→リ	流→ル	礼→レ	呂→ロ
和→ワ	井→ヰ	宇→ウ	恵→ヱ	乎→ヲ
尔→ン				

平仮名（ひらがな）

（平假名）

✲ 學習目標

1. 清音（せいおん）・撥音（はつおん）
2. 濁音（だくおん）・半濁音（はんだくおん）

清音（せいおん）・撥音（はつおん）

學習日文，首先要學習平假名的「清音」寫法和發音方式。所謂平假名的「清音」就是俗稱的「五十音」，但是清音總共只有四十五個假名，再加上一個撥音（中文稱為鼻音）。

清音是可以單獨發音的假名，但是撥音必須跟其他假名合在一起發音，且絕對不會出現在字首。

雖然感覺要背很多假名，但是不用太緊張，因為日文是屬於表音文字，只要按照自己的學習狀況，努力學會假名發音，用力把假名的寫法和樣子記住，以後看到日文就一定可以唸得出來喔！

MP3-001
あ a
い i
う u
え e
お o
2 あつい
a.tsu.i
暑い（熱的）
2 いたい
i.ta. i
痛い（痛的）
2 いえ
i. e
家（家；房子）
1 えき
e. ki
駅（車站）

❶注意：「き」也可以寫成「き」。

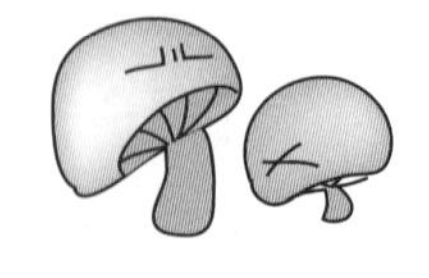

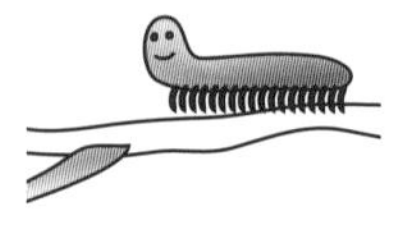

2 からい
ka.ra.i
辛い（辣的）

1 きのこ
ki.no.ko
茸（菇類）

1 くろ
ku.ro
黒（黑色）

0 3 け む し
ke.mu.shi
毛虫（毛毛蟲）

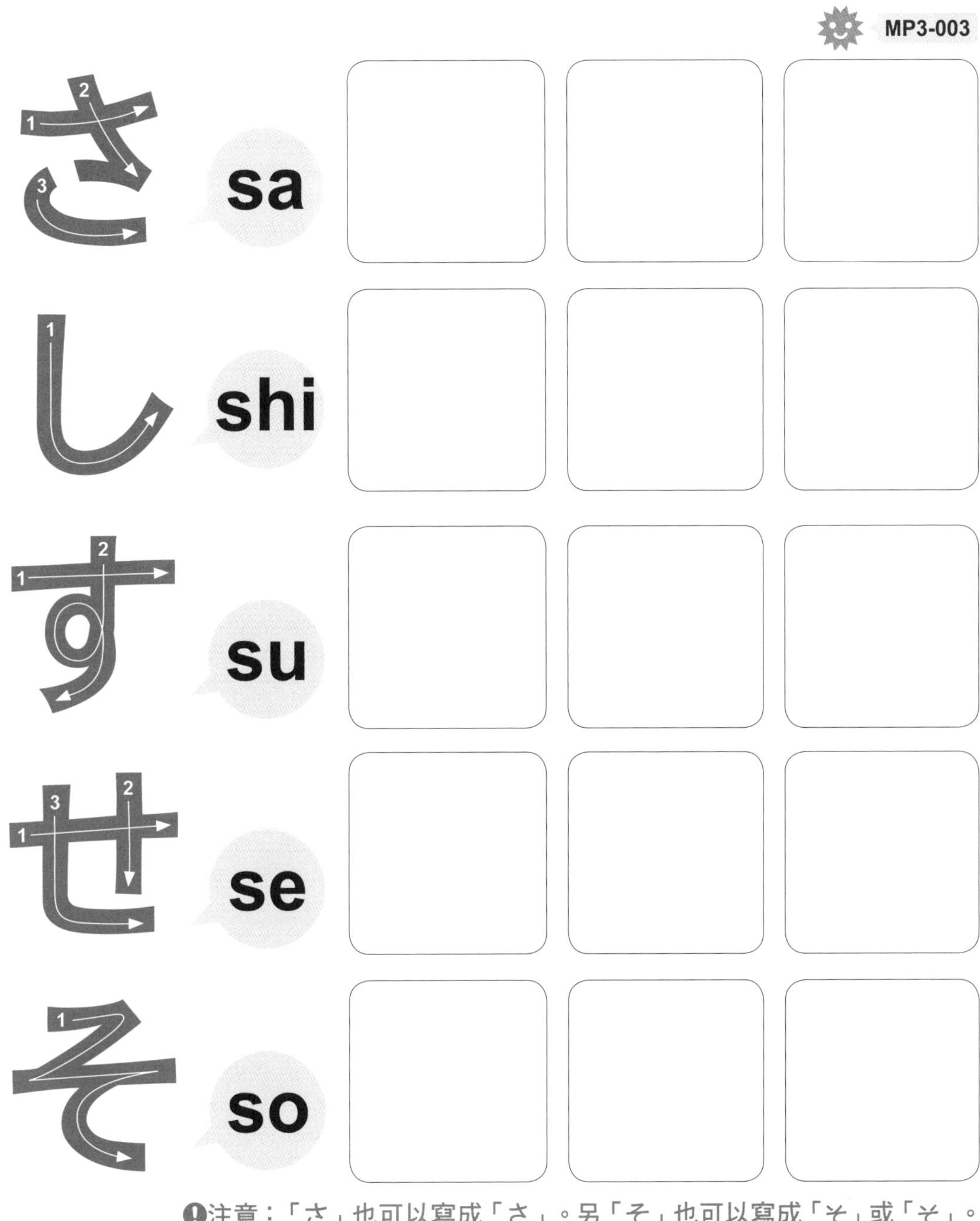

❶注意：「さ」也可以寫成「さ」。另「そ」也可以寫成「そ」或「そ」。

2 さむい	2 1 すし	2 せき	1 そら
sa.mu.i	su.shi	se.ki	so.ra
寒い（寒冷的）	寿司（壽司）	咳（咳嗽）	空（天空）

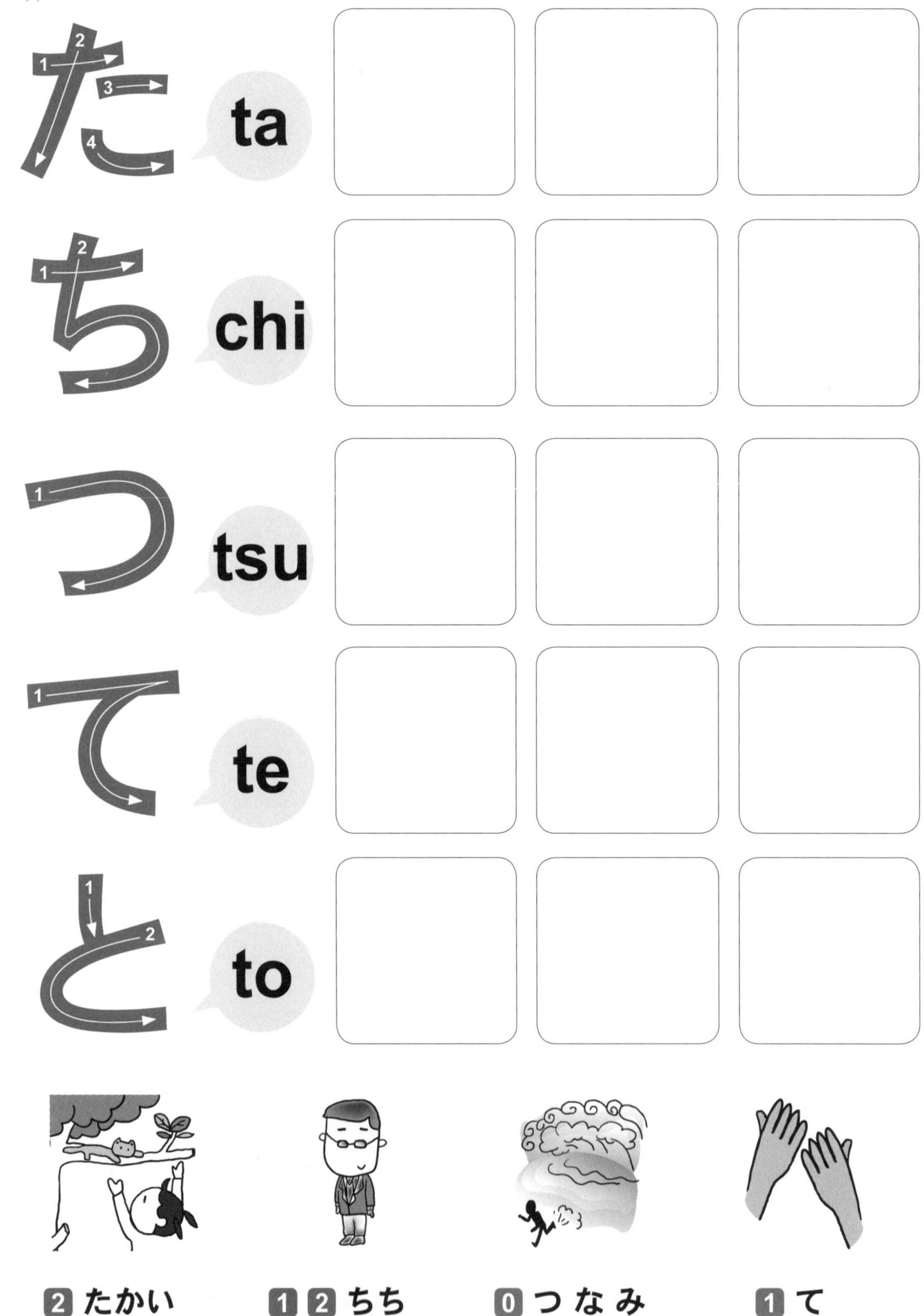

② たかい	①② ちち	⓪ つなみ	① て
ta.ka.i	chi.chi	tsu.na.mi	te
高い（高的）	父（爸爸）	津波（海嘯）	手（手）

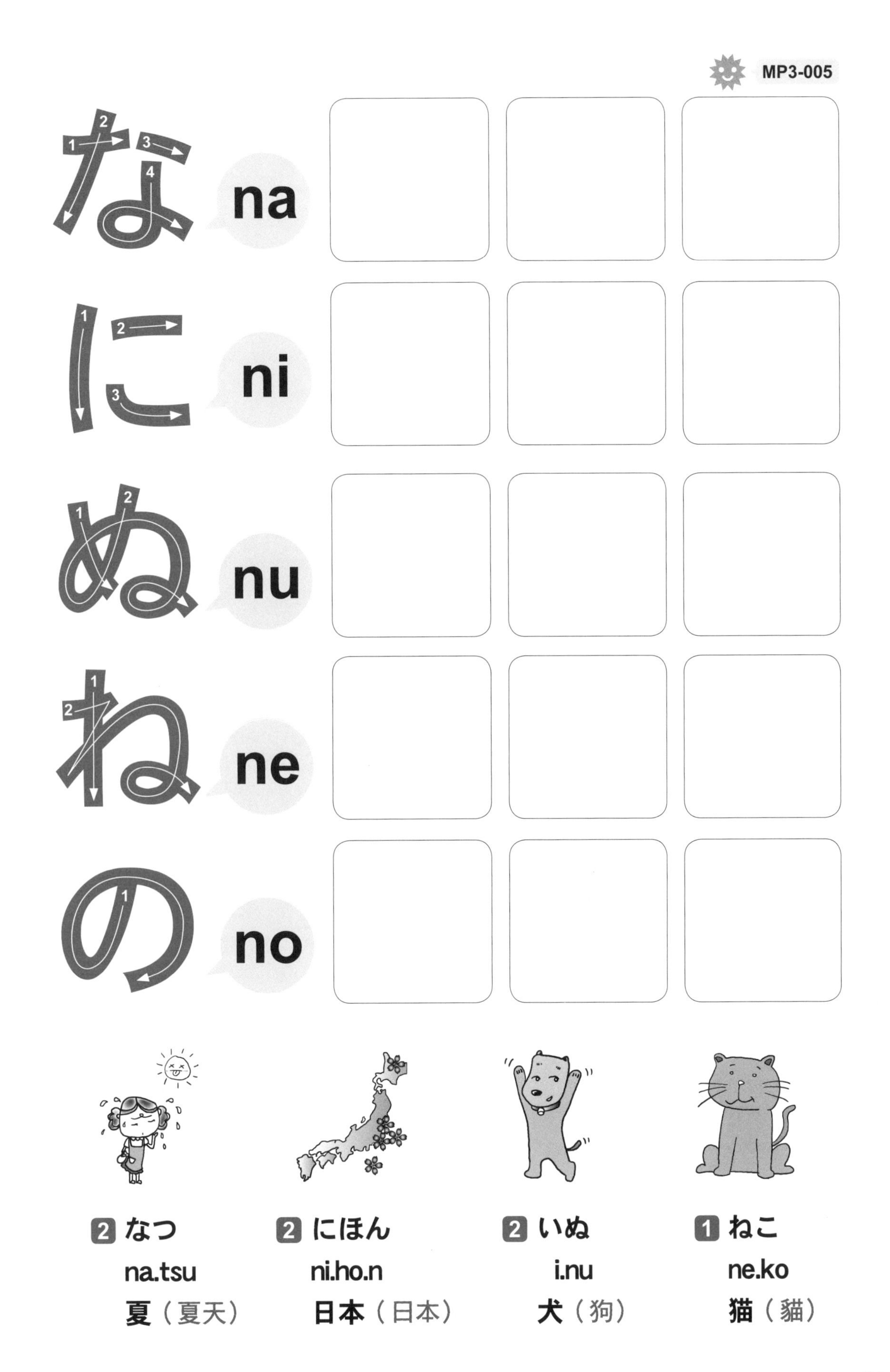
MP3-005
な na
に ni
ぬ nu
ね ne
の no
2 なつ
na.tsu
夏（夏天）
2 にほん
ni.ho.n
日本（日本）
2 いぬ
i.nu
犬（狗）
1 ねこ
ne.ko
猫（貓）

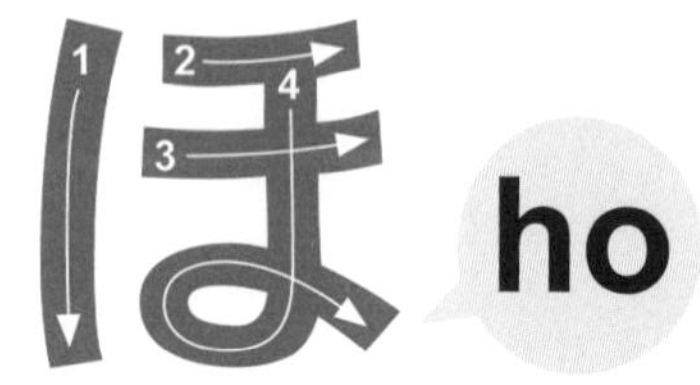

1 はは	2 ふゆ	2 へや	0 ほし
ha.ha	fu.yu	he.ya	ho.shi
母（媽媽）	冬（冬天）	部屋（房間）	星（星星）

MP3-007
まma
みmi
むmu
めme
もmo
1 まえ
ma.e
前（前面）
2 みみ
mi.mi
耳（耳朵）
1 め
me
目（眼睛）
0 もも
mo.mo
桃（桃子）

ya

yu

0 やおや
ya.o.ya
八百屋（蔬菜店）

2 やすい
ya.su.i
安い（便宜的）

2 ゆき
yu.ki
雪（雪）

0 よみせ
yo.mi.se
夜店（夜市）

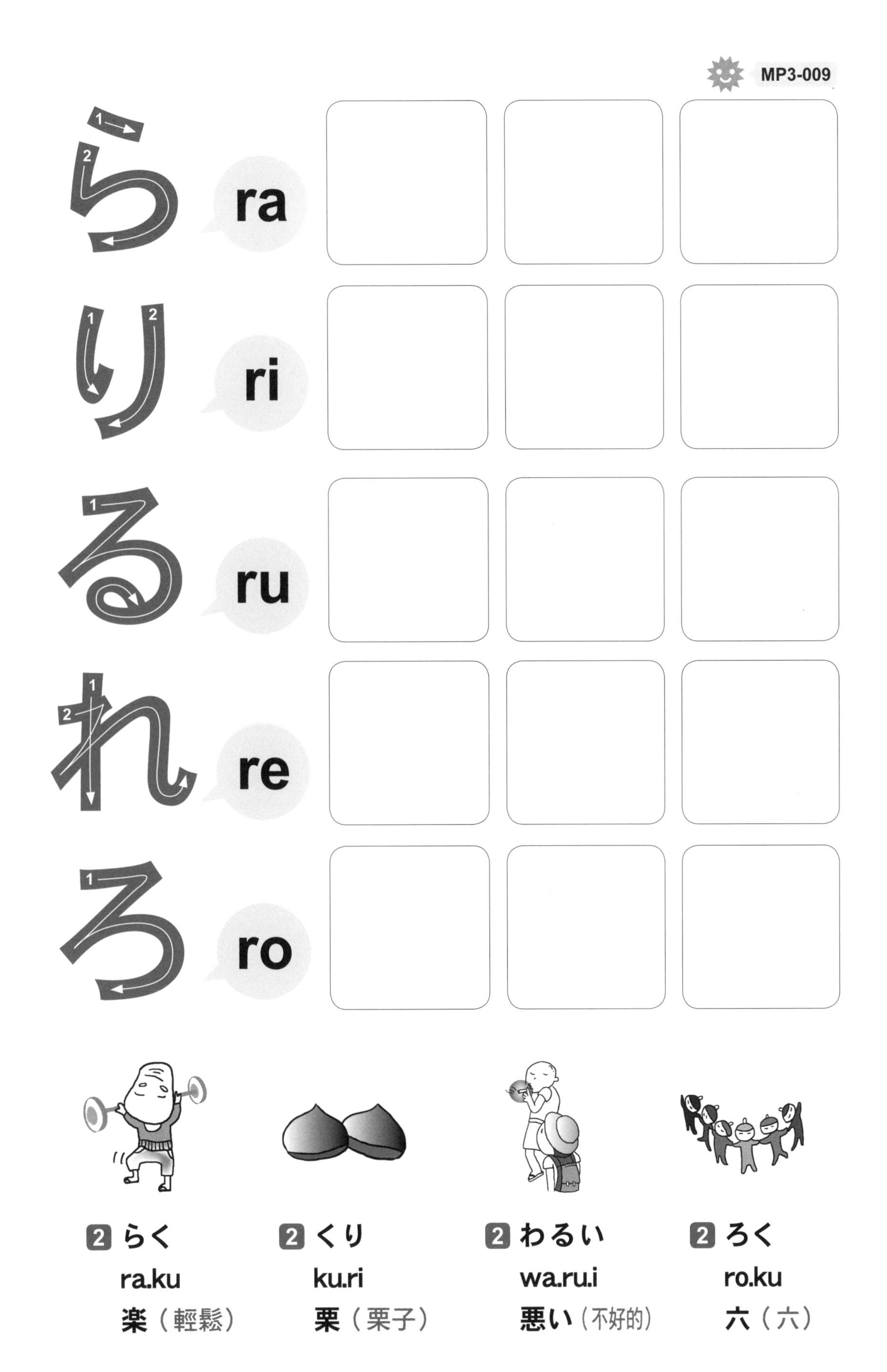
MP3-009
ら ra
り ri
る ru
れ re
ろ ro
2 らく
ra.ku
楽（輕鬆）
2 くり
ku.ri
栗（栗子）
2 わるい
wa.ru.i
悪い（不好的）
2 ろく
ro.ku
六（六）

❗注意：「を」的羅馬拼音有時候也會寫成「wo」。但是發音仍然唸成「o」。

0 わたし	てをあらう	1 ほん	0 おんせん
wa.ta.shi	te o a.ra.u	ho.n	o. n. se.n
私（我）	手を洗う（洗手）	本（書）	温泉（溫泉）

MP3-011

練習活動 1

✽ 聽聽看，唸唸看　把身體部位讀音的選項填在正確的位置。

(1) 2 あし	(2) 0 かお	(3) 1 め	(4) 2 みみ
(5) 0 はな	(6) 1 て	(7) 0 くち	(8) 2 かみ
(9) 0 おなか			

✽ 寫寫看　確認一下各個部位的漢字寫法和中文意思。

(1) あし　(　　／　　)　(2) かお　(　　／　　)

(3) め　(　　／　　)　(4) みみ　(　　／　　)

(5) はな　(　　／　　)　(6) て　(　　／　　)

(7) くち　(　　／　　)　(8) かみ　(　　／　　)

(9) おなか　(　　／　　)

* 解答請見P.264

練習活動2

✽ 唸唸看　認識各式各樣的顏色。

1 赤（あか）	1 青（あお）	1 黒（くろ）	1 白（しろ）
2 紫（むらさき）	0 桃色（ももいろ）	0 紺色（こんいろ）	0 灰色（はいいろ）
0 金色（きんいろ）	0 黄色（きいろ）		

陳（ちん）　：何色（なにいろ）が　好（す）きですか。　你喜歡什麼顏色呢？

田中（たなか）：赤（あか）が　好（す）きです。　我喜歡紅色。

✽ 唸唸看　認識各式各樣顏色的形容詞。

0 赤（あか）い　2 青（あお）い　2 黒（くろ）い　2 白（しろ）い　0 黄色（きいろ）い

陳（ちん）　：すみません。黄色（きいろ）い傘（かさ）を　ください。

不好意思。麻煩你，請給我黃色的傘。

店員（てんいん）：かしこまりました。　好的。

0 黄色（きいろ）い
1 傘（かさ）

0 赤（あか）い
4 シャープペンシル

2 青（あお）い
0 ボールペン

0 白（しろ）い
0 T（ティー）シャツ

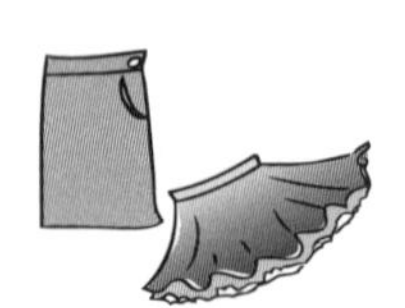

2 黒（くろ）い
2 スカート

練習活動3

✿ 唸唸看　把地名的漢字和假名標示結合。認識日本準備出去玩吧！

(1) 0 おきなわ　(2) 2 あおもり　(3) 2 ふくおか

(4) 2 ふくしま　(5) 0 おおさか　(6) 1 あきた

(7) 1 いわて　(8) 1 なら　(9) 0 ひろしま

(10) 3 ほっかいどう

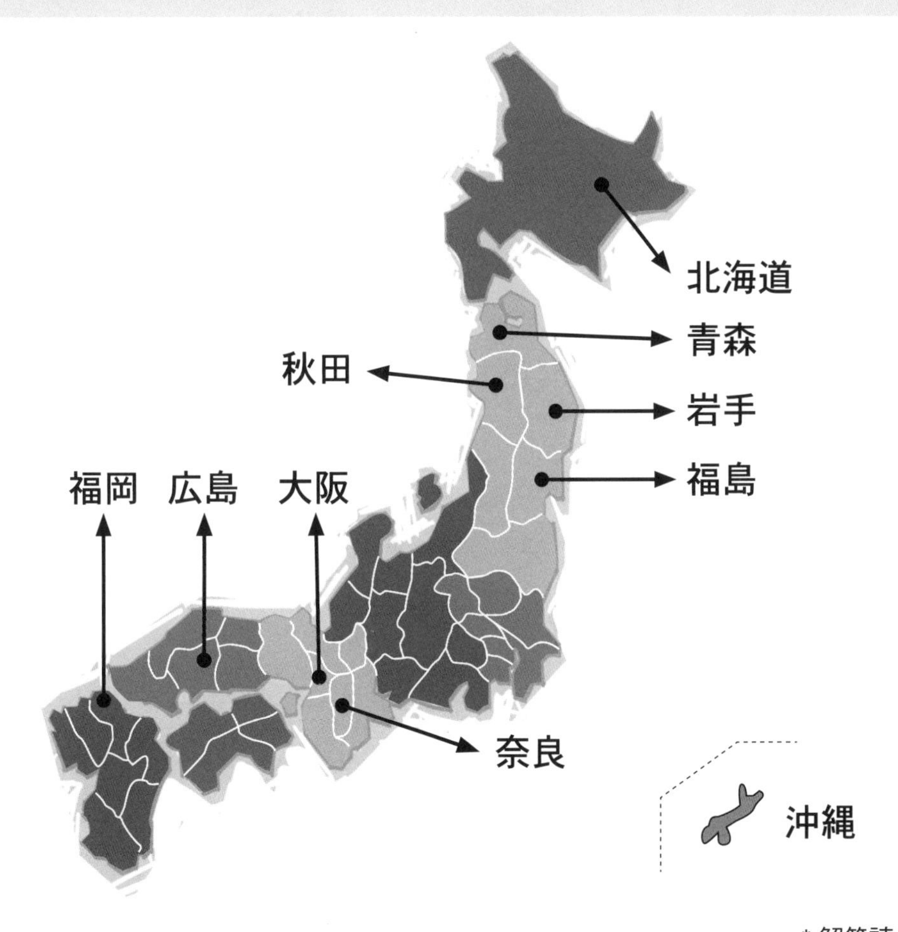

* 解答請見P.264

田中（たなか）：私（わたし）は　奈良（なら）へ　行（い）きたいです。陳（ちん）さんは？

我想去奈良。陳同學呢？

陳（ちん）　：私（わたし）も。 我也是。

練習活動 4

✻ 聽聽看　寫下假名後，向大家介紹自己的家人成員吧！

田中（たなか）：私（わたし）は　父（ちち）と　母（はは）と　兄（あに）が　います。陳（ちん）さんは？

我有爸爸、媽媽和哥哥。陳同學呢？

陳（ちん）　：私（わたし）は　父（ちち）と　母（はは）と　兄（あに）と　姉（あね）が　います。

我有爸爸、媽媽、哥哥和姊姊。

✻ 想想看　田中（たなか）さん要怎麼稱呼陳（ちん）さん的家人呢？

* 解答請見P.264-P.265

濁音・半濁音

だくおん　はんだくおん

學會了日文平假名的清音的發音和寫法之後，緊接著就是平假名中的濁音和半濁音的發音和書寫練習了。

日文平假名的濁音只有四行，主要是在原本清音的「か」、「さ」、「た」、「は」這四行的右上角加上「 〝」，而標注方式是從左上往右下畫下來，成為「が」、「ざ」、「だ」、「ば」這四行，總共二十個字。

日文平假名的半濁音就只有一行，主要是在原本清音的「は」行的右上角標注「 ﾟ」，成為「ぱ」行，只有五個字。

清音	濁音	半濁音
は	ば	ぱ

MP3-015

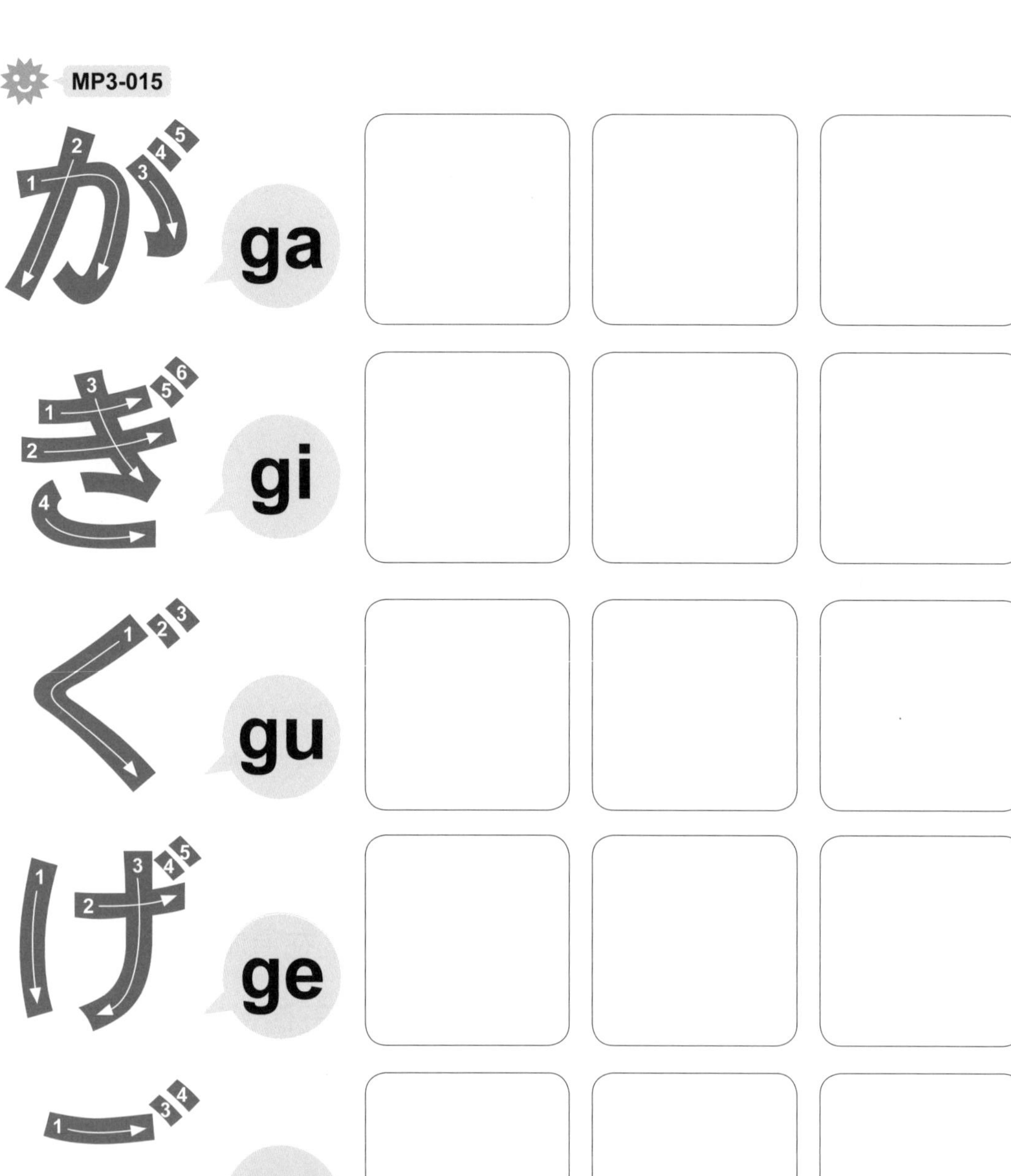

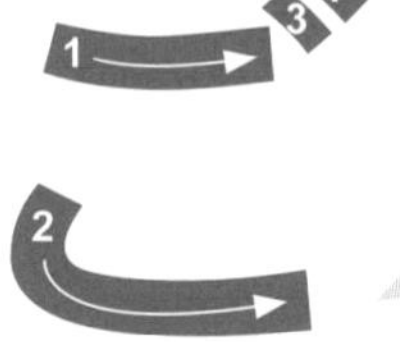

0 うなぎ	1 ふぐ	1 げんき	1 ご
u.na.gi	fu.gu	ge.n.ki	go
鰻（鰻魚）	河豚（河豚）	元気（元氣）	5（數字5）

MP3-016
ざ za
じ ji
ず zu
ぜ ze
ぞ zo
1 もみじ
mo.mi.ji
紅葉（楓葉）
0 みず
mi.zu
水（水）
0 かぜ
ka.ze
風邪（感冒）
1 かぞく
ka.zo.ku
家族（家人）

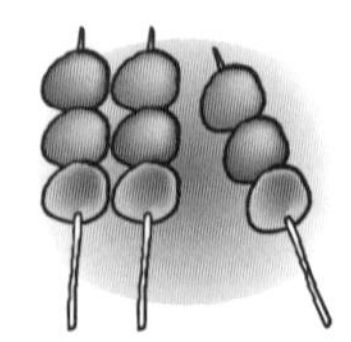

0 だんご
da.n.go
団子（糯米丸子）

0 はなぢ
ha.na.ji
鼻血（鼻血）

0 でんわ
de.n.wa
電話（電話）

1 どこ
do.ko
何処（哪裡）

1 ばか
ba.ka
馬鹿（笨蛋）

1 はなび
ha.na.bi
花火（煙火）

0 ぶた
bu.ta
豚（豬）

1 そぼ
so.bo
祖母（奶奶）

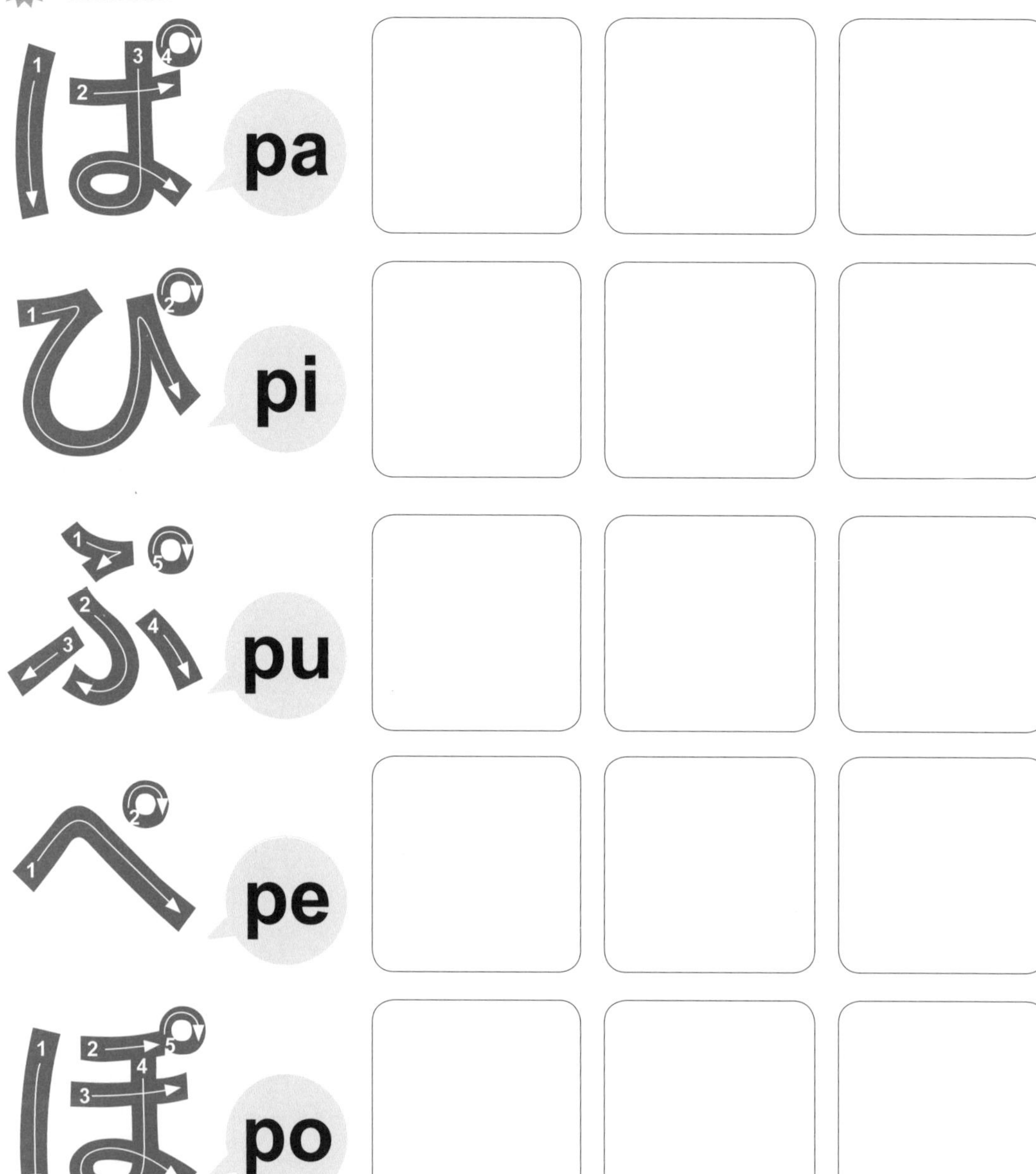

0 かんぱい
ka.n.pa.i
乾杯（乾杯）

0 えんぴつ
e.n.pi.tsu
鉛筆（鉛筆）

0 てんぷら
te.n.pu.ra
天婦羅（天婦羅）

0 1 ぺこぺこ
pe.ko.pe.ko
（咕嚕咕嚕）

練習活動5

✽ 聽聽看，唸唸看　把招呼用語的選項填在正確的位置。

(1) おはようございます　(2) こんにちは
(3) こんばんは　(4) さようなら
(5) おねがいします　(6) いただきます
(7) すみません　(8) ありがとう

早安
(　　)

抱歉；對不起
(　　)

麻煩您了
(　　)

晚安
(　　)

午安
(　　)

謝謝
(　　)

再見
(　　)

我要開動了
(　　)

練習活動6

✽ 進階活動　化身聲優，幫下面的圖配上台詞吧！

* 解答請見P.265

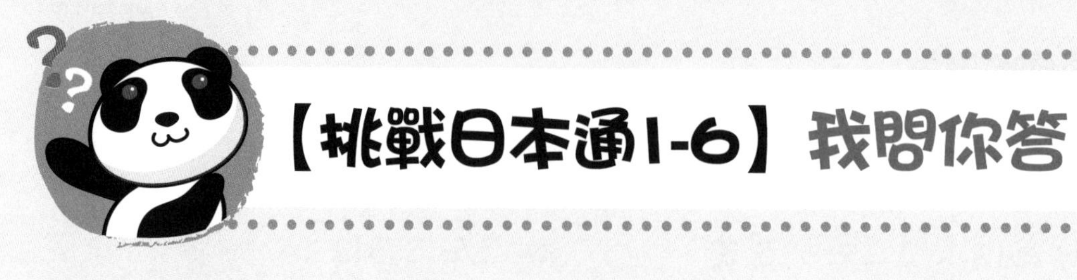

【挑戰日本通1-6】我問你答

Q 1. 日本的筷子（お箸）前端是什麼樣子？

- ☐ 尖的（尖っている）
- ☐ 圓的（丸い）

Q 2. 日本人怎麼擺筷子？

- ☐ 擺直（縦）的
- ☐ 擺橫（横）的

Q 3. 日本人如何（どうやって）從桌上拿（取ります）起筷子呢？

- ☐ 分兩個動作
- ☐ 分三個動作

Q 4. 日本人如何打開免洗筷（割り箸（わ ばし））？

☐ 擺直的左右拉開　　☐ 擺橫的上下拉開

Q 5. 日本人夾雞肉時，要夾一塊卻兩塊連在一起時，可以用筷子幫他忙嗎？

☐ 很親切，當然可以（いいです）

☐ 不不不！千萬不可（駄目（だめ）です）

Q 6. 日本的哪個料理（料理（りょうり））很像台灣的鹹稀飯？

☐ 雑煮（ぞうに）　　☐ 雑炊（ぞうすい）

【挑戰日本通1-6】原來如此

A 1. 日本的筷子前端大都是尖的喔，而且通常都還有防滑設計，非常方便夾食物。

A 2. 日本筷子在餐桌上的擺法，都是擺橫的而且靠近自己，通常也有筷架，筷子的尖端不會直接碰到桌面，感覺很乾淨。

A 3. 通常三個動作。

1. 右手拿起筷子

2. 左手由下方扶著筷子

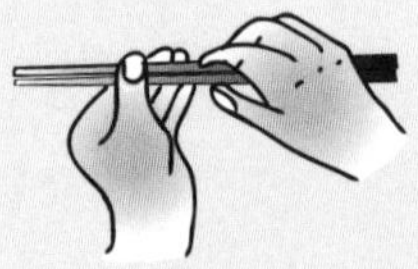

3. 右手放到正確位置，左手離開

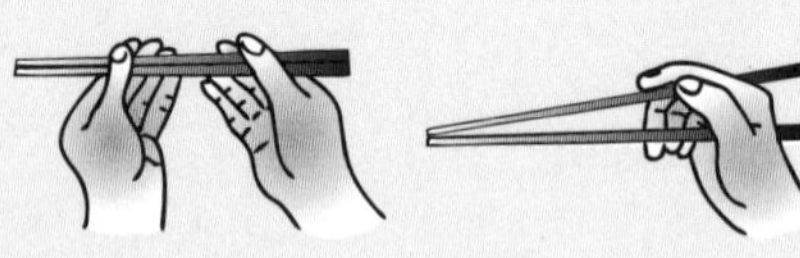

A 4. 日本人打開免洗筷的習慣，都是擺橫的上下拉開，各位也可以試試。

Ⓐ5. 不不不！千萬不可。日本人只有在夾死者骨頭的時候，才會兩個人一起夾，各位千萬要注意，不要犯了這個忌諱喔！

Ⓐ6. 「**雜炊**」就像台灣的鹹稀飯，在日本的家庭餐廳應該可以吃到這道菜。至於「**雜煮**」則是日本人在過年時候吃的料理，湯頭和「**雜炊**」一樣有各種佐料，但裡頭放的是年糕不是稀飯。

* 日本的「**雜煮**」（年糕湯）和「**ぜんざい**」（日式紅豆甜點）和「**汁粉**」（年糕紅豆湯）

實力養成 飲み物(のもの)（飲料）

1 ビール 啤酒	1 ワイン 葡萄酒	3 2 ウイスキー 威士忌
0 日本酒(にほんしゅ) 日本酒	0 緑茶(りょくちゃ) 綠茶	0 紅茶(こうちゃ) 紅茶
1 ジュース 果汁	3 コーヒー 咖啡	4 ミルクティー 奶茶
3 ヨーグルト 養樂多	5 パパイヤミルク 木瓜牛奶	8 タピオカミルクティー 珍珠奶茶

ひらがな　はつおんきそく
平仮名の発音規則
（平假名的發音規則）

✽學習目標

1. そくおん 促音
2. ようおん 拗音
3. ちょうおん 長音

促音（そくおん）・拗音（ようおん）・長音（ちょうおん）

學會了平假名的清音、濁音、半濁音的寫法和發音之後，緊接著只要再認識日文中三個相當重要的發音規則之後，就可以輕輕鬆鬆開口說正確的日文囉！

そく おん
促音

促音就是在前一個假名的右下角，寫一個大小只有1/4大小的「つ→っ」，唸的時候要停一拍不發音，這就是促音，要看清楚喔！

✽ 唸唸看　比較一下有什麼不同！

0 **あさり**（海瓜子）　　3 **あっさり**（乾脆地）

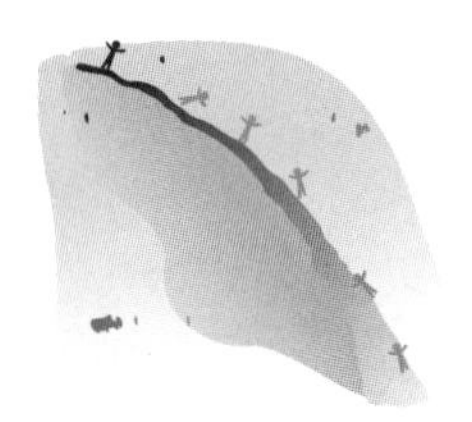

2 **さか**（坡）　　0 **さっか**（作家）

✽ 寫寫看　「つ」要寫在前一個假名的右下角，只有1/4大小喔！

(1) 3 あっさり（乾脆地）□□□□　□□□□

(2) 0 さっか（作家）□□□　□□□

MP3-022

拗音（ようおん）

拗音是將清音、濁音、半濁音所有的「い段音」分別和「や」、「ゆ」、「よ」合成一個字。書寫時「や→ゃ」、「ゆ→ゅ」、「よ→ょ」只有1/4大小，位置要緊靠在前一個假名的右下角。兩個假名以拼音方式發音，但只能算一個字，發音只有一拍，要認清楚喔！

✲ 唸唸看　比較一下有什麼不同！

0 **いしや**（石材店）

0 **いしゃ**（醫生）

0 **おもちや**（麻糬店）

2 **おもちゃ**（玩具）

✲ 寫寫看　「や、ゆ、よ」要寫在前一個假名的右下角，只有1/4大小喔！

(1) 0 いしゃ（醫生）□□□　□□□

(2) 2 おもちゃ（玩具）□□□□　□□□□

✲ 寫寫看、唸唸看　平假名拗音總表：請寫出空格中的拗音。

きゃ kya	kyu	きょ kyo
sha	しゅ shu	sho
cha	ちゅ chu	cho
にゃ nya	nyu	にょ nyo
ひゃ hya	ひゅ hyu	hyo
mya	みゅ myu	myo
りゃ rya	ryu	りょ ryo
gya	ぎゅ gyu	gyo
じゃ ja	ju	じょ jo
びゃ bya	byu	びょ byo
pya	ぴゅ pyu	pyo

練習活動 1

✽ 比比看　日本人如何用手比出數字？

いち	に	さん	し / よん	ご
		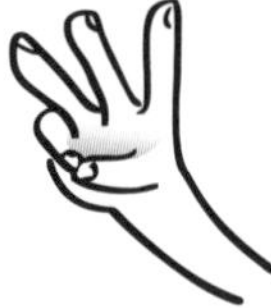	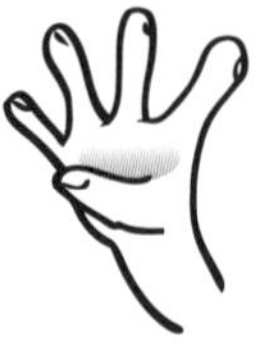	

ろく	しち / なな	はち	きゅう / く	じゅう

✽ 想想看　如果11是這樣唸的話，其他數字要怎麼唸呢？

例　11 ＝ 10 ＋ 1 ＝ じゅう ＋ いち ＝ じゅういち

例　20 ＝ 2 ＋ 10 ＝ に ＋ じゅう ＝ にじゅう

34 ＝ (　　　　)＋(　　　　)＋(　　　　)＝(　　　　　　　)

45 ＝ (　　　　)＋(　　　　)＋(　　　　)＝(　　　　　　　)

56 ＝ (　　　　)＋(　　　　)＋(　　　　)＝(　　　　　　　)

67 ＝ (　　　　)＋(　　　　)＋(　　　　)＝(　　　　　　　)

78 ＝ (　　　　)＋(　　　　)＋(　　　　)＝(　　　　　　　)

89 ＝ (　　　　)＋(　　　　)＋(　　　　)＝(　　　　　　　)

91 ＝ (　　　　)＋(　　　　)＋(　　　　)＝(　　　　　　　)

100 ＝ ひゃく

* 解答請見P.265-P.266

長音（ちょうおん）

長音是將「あ、い、う、え、お」這五個假名的前一個假名發音拉長一倍，不管是清音、濁音、半濁音、拗音，只要其母音符合下表的規則，就會發生長音現象。

規則	說明例子
あ段音（假名母音是a）＋ あ	**ああ** → a.a → ā **かあ** → ka.a → kā **きゃあ** → kya.a → kyā
い段音（假名母音是i）＋ い	**きい** → ki.i → kī **しい** → shi.i → shī
う段音（假名母音是u）＋ う	**うう** → u.u → ū **くう** → ku.u → kū **しゅう** → shu.u → shū
え段音（假名母音是e）＋ え 或 い	**ええ** → e.e → ē **けえ** → ke.e → kē **けい** → ke.e → kē
お段音（假名母音是o）＋ お 或 う	**おお** → o.o → ō **こう** → ko.o → kō **しょう** → sho.o → shō

✽ 唸唸看　比較一下有什麼不同！

0 **おじさん**（叔叔；伯父；舅舅）

2 **おじいさん**（爺爺）

0 **おばさん**（姑姑；阿姨；嬸嬸）

2 **おばあさん**（奶奶）

✽ 寫寫看　依據規則填寫出下面（　　　）中的假名！

(1) 0 3 おいし（　　　）
好吃的

(2) 3 せんせ（　　　）
老師

(3) 0 にんぎょ（　　　）
娃娃

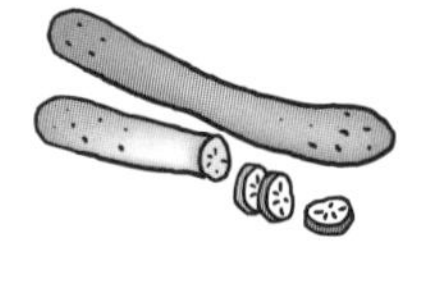

(4) 1 きゅ（　　　）り
小黃瓜

(5) 1 じゅ（　　　）
十

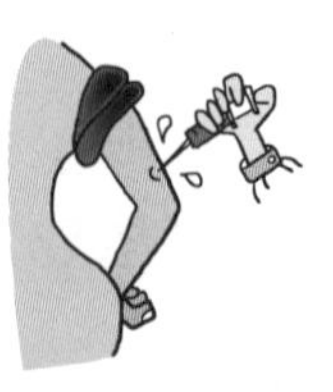

(6) 0 ちゅ（　　　）しゃ
打針

* 解答請見P.266

練習活動2

✽ 唸唸看、想想看　要怎麼稱呼他人的家人呢？

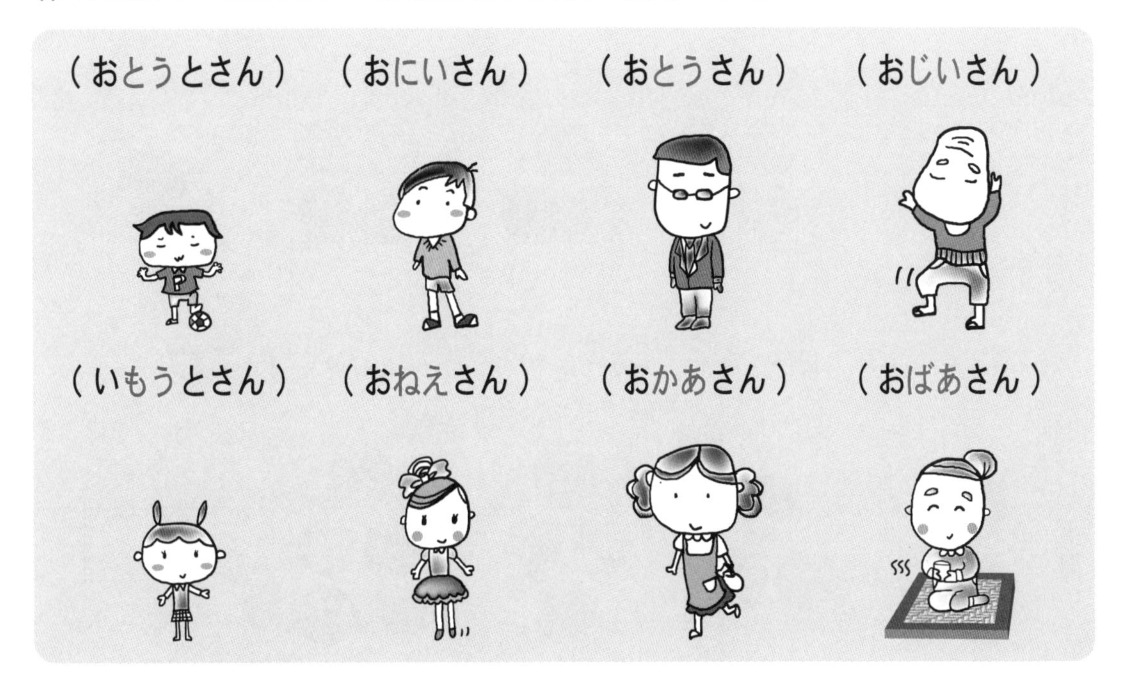

挑戰：當數字碰上年齡時，要怎麼辦？記住只有「1、8、10」要變促音，其他的唸法都是「數字」＋「さい」就可以囉！

1歲 ＝ いち ＋ さい ＝ いっさい

8歲 ＝ はち ＋ さい ＝ はっさい

10歲 ＝ じゅう ＋ さい ＝ じゅっさい / じっさい

陳（ちん）：すみません。おいくつですか。 請問，您幾歲？

小林（こばやし）：私（わたし）は 15歳（じゅうごさい）です。 我15歲。

陳（ちん）：お父（とう）さんは　おいくつですか。 您父親幾歲？

小林（こばやし）：父（ちち）は 45歳（よんじゅうごさい）です。 我爸爸45歲。

數數看、唸唸看下面的數字。

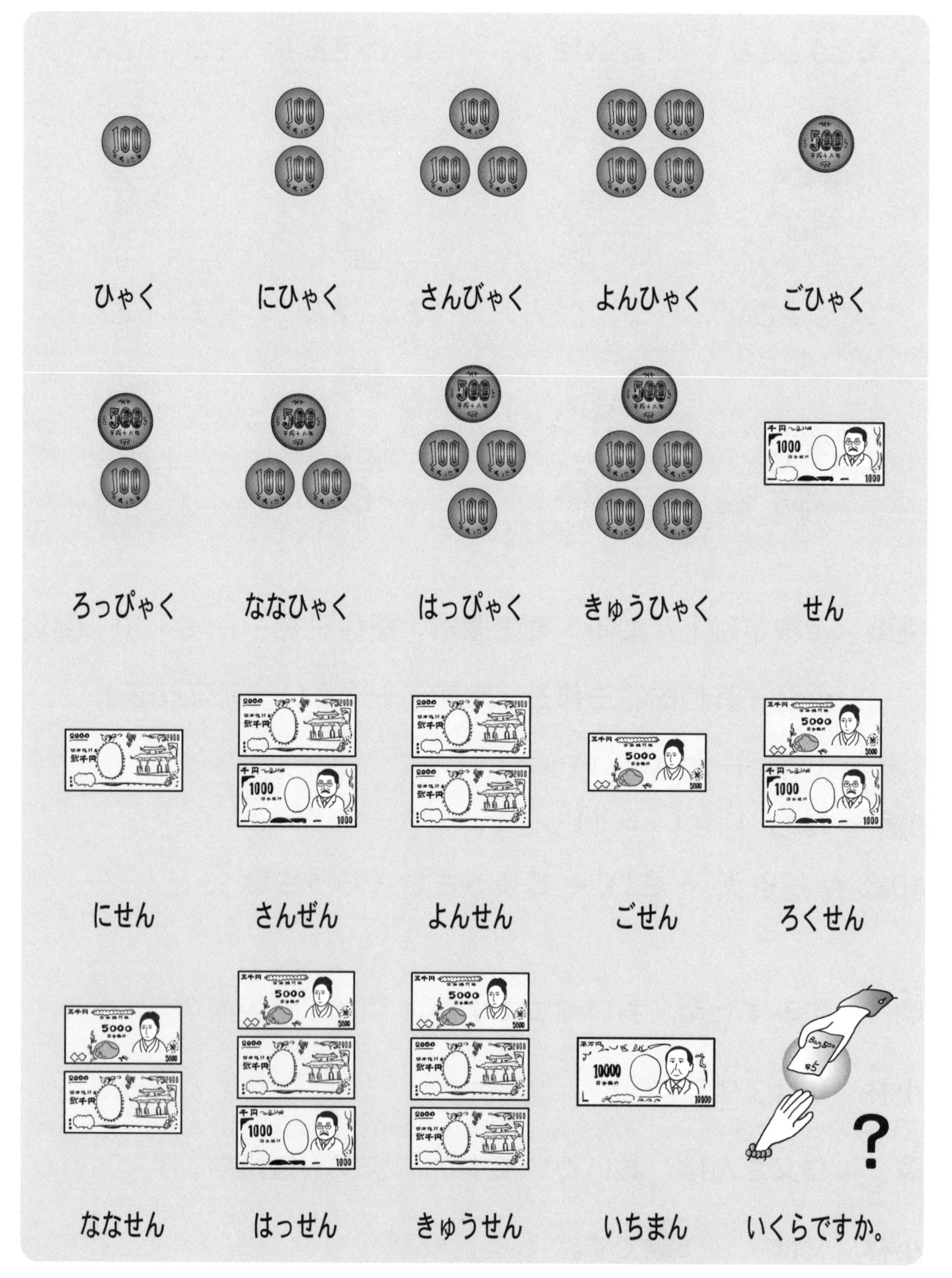

＊此頁之1千、5千及1萬日圓紙鈔，於2024年7月正式啟用。

✻ 進階挑戰　完成美食名稱後，點餐囉！「いただきます」

MENU

おでん	6 50円（ろっぴゃくごじゅうえん）
たこ焼（や）き	500円（ごひゃくえん）
（　gyu　）う丼（どん）	1200円（せんにひゃくえん）
（　sha　）ぶ（　sha　）ぶ	2500円（にせんごひゃくえん）
（　cha　）んこ鍋（なべ）	3000円（さんぜんえん）
焼（や）き（　gyo　）うざ	8 50円（はっぴゃくごじゅうえん）
にく（　ja　）が	3 60円（さんびゃくろくじゅうえん）
（　cha　）わん蒸（む）し	400円（よんひゃくえん）

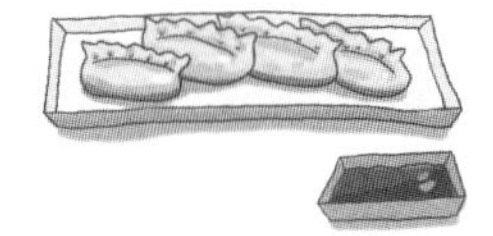

* 解答請見P.266

【会話】～が　食べたいです。想吃～。

【日本料理屋】（日本料理店）

小林：私は　<u>おでんが</u>　食べたいです。陳さんは？

　　　我想吃關東煮。陳同學呢？

陳　：私は　<u>おでんと　たこ焼きが</u>　食べたいです。

　　　我想吃關東煮和章魚燒。

【レジ】（櫃台）

小林：勘定、お願いします。 麻煩結賬。

店員：全部で、1800円で　ございます。 總共是一千八百日圓。

＊日本的「そば屋」（蕎麥麵店）

* 日本的「釜めし屋」（鐵鍋什錦悶飯）

* 日本的「お好み焼」（什錦燒）

【挑戰日本通7-12】我問你答

Q 7. 日本和服（和服・着物）平常穿的時候，前襟是如何？

☐ 左上右下　　　☐ 右上左下

Q 8. 日本人參加成人式（成人式）時會穿什麼？

☐ 着物　　　☐ 浴衣

Q 9. 日本渡假打工（「ワーキング・ホリデー」簡稱為「ワーホリ」）的年齡限制是幾歲？

☐ 20～35歲　　　☐ 18～30歲

Q 10. 在日本開店做生意，店頭擺的招財貓（招き猫）是什麼性別？

☐ 公貓　　　☐ 母貓

Q 11. 日本住家的門大多是如何？

☐ 往外開（外開き）　　☐ 往內開（內開き）

Q 12. 在日本上完廁所，衛生紙（トイレットペーパー）要丟在哪裡？

☐ 馬桶　　☐ 垃圾桶

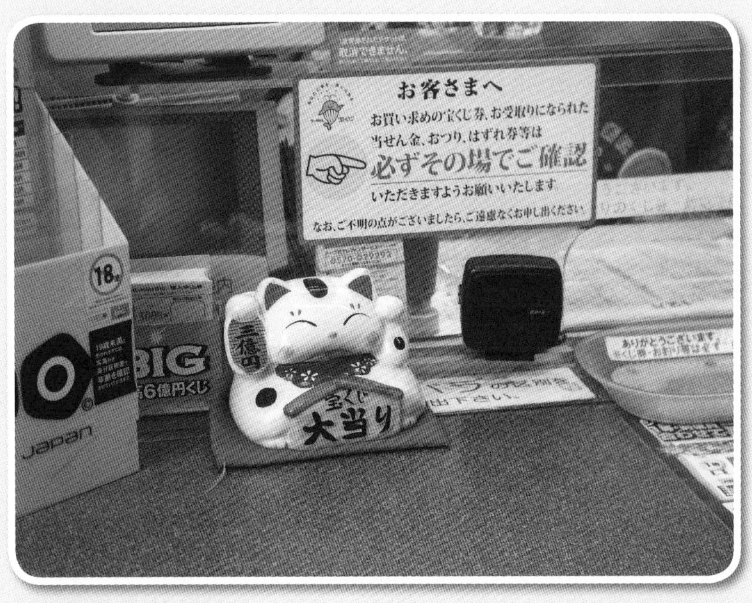

* 日本店頭的招財貓

【挑戰日本通7-12】原來如此

A 7. 「左上右下」才是正確的穿法，男生女生都一樣左襟在上面，因為「左上右下」是活人的穿法；「右上左下」是亡者的穿法。

A 8. 「**着物**」是年初拜拜（**初詣**）、加冠禮（**成人式**）、大學畢業典禮（**大学の卒業式**）、結婚典禮（**結婚式**）時穿的衣服；浴衣（**浴衣**）則是夏天特有的衣服，在煙火大會（**花火大会**）或地方節慶（**お祭り**）時到處可以看到。

A 9. 日本渡假打工的年齡限制是18～30歲，未滿31歲的人都可以申請。

Ⓐ 10. 在日本一般店家擺放的多是母貓，因為日本人相信只要有人潮，基本上就會有錢潮。右手象徵招財、錢財幸福到來；左手則是象徵招人、客人絡繹不絕、買氣旺。公貓舉右手，象徵招財進寶、開運致福；母貓舉左手，象徵廣結善緣、千客萬來。（舉右手：公貓 / 招財 / 家庭用；舉左手：母貓 / 招客 / 商店用）

Ⓐ 11. 和國外相比，日本的住家比較嬌小玲瓏，所以為爭取較多的空間，大部份住家的門都是往外開。

Ⓐ 12. 和台灣的習慣不太一樣，在日本衛生紙是可以直接丟入馬桶的，而且最近還流行黑色的廁所紙、漫畫卡通或印有詩歌的廁所紙。

實力養成 食べ物(食物)

1 ラーメン 拉麵	3 ハンバーガー 漢堡	1 ピザ 披薩
2 ステーキ 牛排	0 しゃぶしゃぶ 涮涮鍋	3 スパゲッティ 義大利麵
3 水ギョーザ 水餃	3 焼きギョーザ 煎餃;鍋貼	3 揚げギョーザ 炸餃子
3 蒸しギョーザ 蒸餃	3 スープギョーザ 湯餃	0 シューマイ 燒賣
1 チャーハン 炒飯	0 焼きそば 炒麵	3 焼きビーフン 炒米粉
0 エビチリ 乾燒明蝦	5 マーボードーフ 麻婆豆腐	1 酢豚 咕咾肉;糖醋排骨
3 1 チャーシュー 叉燒	3 ワンタン 雲吞;餛飩	3 パイコーメン 排骨麵
3 タンタンメン 擔擔麵	0 ヤムチャ 飲茶	

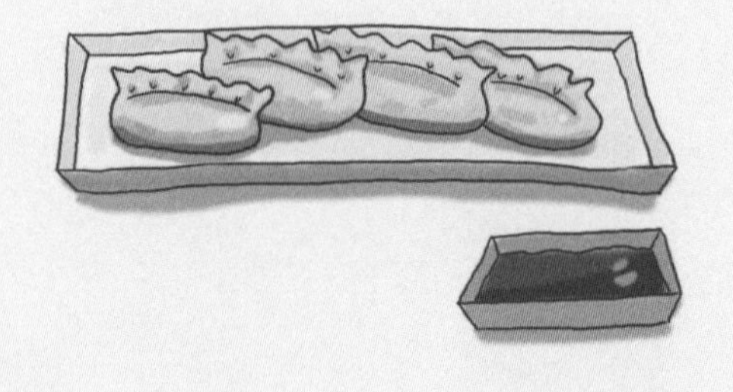

片仮名（片假名）

かた か な

✿ 學習目標

1. 清音（せいおん）
2. 長音（ちょうおん）
3. 促音（そくおん）
4. 濁音（だくおん）・半濁音（はんだくおん）
5. 拗音（ようおん）

【體驗日本文化 1】

「神社（じんじゃ）」（神社）和「お寺（てら）」（寺廟）哪裡不同？

清音（せいおん）

學完了第一課和第二課，對於日文中的平假名發音、寫法以及發音規則有一定程度的了解之後，緊接著就要學習片假名囉！

大家一定都看過片假名，例如：電玩裡面、漫畫裡面、日本的商品名稱或是包裝上的說明，到處都可以看到片假名的蹤跡喔！

片假名是怎麼出現的呢？據說，片假名大約源起於西元八百多年，當時正逢中國唐朝時期，日本派遣留學僧前往學習唐朝文化。由於唐朝佛教盛行，僧侶們為了將帶回日本的佛教經典發揚光大，於抄寫佛經時簡化了中國文字，因而形成了片假名。

至於何時要用片假名來書寫呢？簡單來說，分為兩種狀況，一是標示外來語時，例如英文中的「camera」這個字，以日文書寫時就以片假名「**カメラ**」（讀音：ka.me.ra）來標示。另一種情況則是要強調某些單字，例如常出現在日文漫畫中的擬聲語和擬態語，像是形容人因緊張或興奮期待時心臟跳動的聲音「**ドキドキ**」（讀音：do.ki.do.ki）；又或是形容談戀愛的兩人火熱狀的「**アツアツ**」（讀音：a.tsu.a.tsu），就常用片假名來書寫。

MP3-027
ア あ a
イ い i
ウ う u
エ え e
オ お o
1 アイス
a. i. su
（冰）
2 イエス
i. e. su
（YES）
1 サウナ
sa.u.na
（三溫暖）
1 タオル
ta.o.ru
（毛巾）

1 カ メ ラ
ka.me.ra
（照相機）

0 カラオケ
ka.ra.o.ke
（卡拉OK）

1 ミルク
mi.ru.ku
（牛奶）

1 ケーキ
ke.e.ki
（蛋糕）

ちょう おん
長音

日文的發音規則，不只是發生在平假名，一樣會在片假名看到喔。首先介紹片假名的長音標記符號，橫寫是「一」；直寫是「|」。只要在片假名的單字中看到這個符號，記得發音時要將前面的假名拉長一拍喔！

例：

ケーキ

ケ
|
キ

✲ 唸唸看　這四個單字，猜猜看是什麼意思？

1 ケース　（ke.e.su）　（　　　）

1 ノート　（no.o.to）　（　　　）

1 モーター　（mo.o.ta.a）　（　　　）

1 ムース　（mu.u.su）　（　　　）

解答：箱子、筆記本、馬達、慕絲

1 サイン
sa.i.n
（簽名）

1 ハンサム
ha.n.sa.mu
（英俊）

3 クリスマス
ku.ri.su.ma.su
（聖誕節）

1 レストラン
re.su.to.ra.n
（餐廳）

MP3-031
タ た ta
チ ち chi
ツ っ tsu
テ て te
ト と to
1 セーター
se.e.ta.a
（毛衣）
1 ツ アー
tsu.a. a
（旅行團）
2 トラック
to.ra.k.ku
（卡車）
1 ホテル
ho.te.ru
（飯店）

そく　おん
促音

接下來介紹片假名的促音標記符號「ッ」。書寫片假名的促音時，記得位置要和平假名一樣，緊接在前一個假名的右下角，而且只有四分之一的大小「ツ→ッ」。以後只要在片假名的單字中看到這個符號，記得發音時要停頓一拍不發音喔！

例：

トラック

トラック

✽ 唸唸看　這四個單字，猜猜看是什麼意思？

1 カット　（ka.t.to）　（　　　）

1 サッカー　（sa.k.ka.a）　（　　　）

1 ヨット　（yo.t.to）　（　　　）

0 ラッパ　（ra.p.pa）　（　　　）

解答：剪掉、足球、帆船、喇叭

MP3-033
ナ
な
na
ニ
に
ni
ヌ
ぬ
nu
ネ
ね
ne
ノ
の
no
1 ナイフ
na.i.fu
（刀子）
1 テニス
te.ni.su
（網球）
1 ネックレス
ne.k.ku.re.su
（項鍊）
5 インターネット
i. n.ta.a.ne.t.to
（網際網路）

1 ハム
ha.mu
（火腿）

1 ヘア
he.a
（頭髮）

1 ヒーター
hi. i. ta.a
（暖氣）

4 ホットケーキ
ho.t.to.ke.e.ki
（鬆餅）

MP3-035
マ ま ma
ミ み mi
ム む mu
メ め me
モ も mo
1 マイク
ma.i.ku
（麥克風）
0 1 メール
me.e.ru
（電子郵件）
1 メ ロン
me.ro.n
（哈密瓜）
1 マ スク
ma.su.ku
（口罩）

ユ ゆ yu

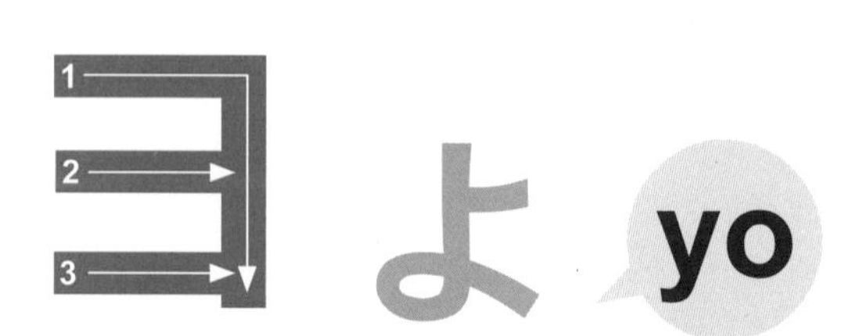

0 タイヤ
ta. i. ya
（輪胎）

2 ヤクルト
ya.ku.ru.to
（養樂多）

3 ヨーヨー
yo.o.yo.o
（溜溜球）

1 ヨット
yo.t.to
（帆船）

MP3-037
ラ ら ra
リ り ri
ル る ru
レ れ re
ロ ろ ro
1 ラーメン
ra.a.me.n
（拉麵）
0 カステラ
ka.su.te.ra
（蜂蜜蛋糕）
1 ロース
ro.o.su
（里肌肉）
0 リモコン
ri.mo.ko.n
（遙控器）

ワ わ wa

ヲ を o

1 ワイン
wa.i.n
（葡萄酒）

3 ワンタン
wa.n.ta.n
（餛飩）

1 ローン
ro.o.n
（貸款）

1 0 レモン
re.mo.n
（檸檬）

練習活動1

✿ 聽聽看・想想看　填入正確的片假名。

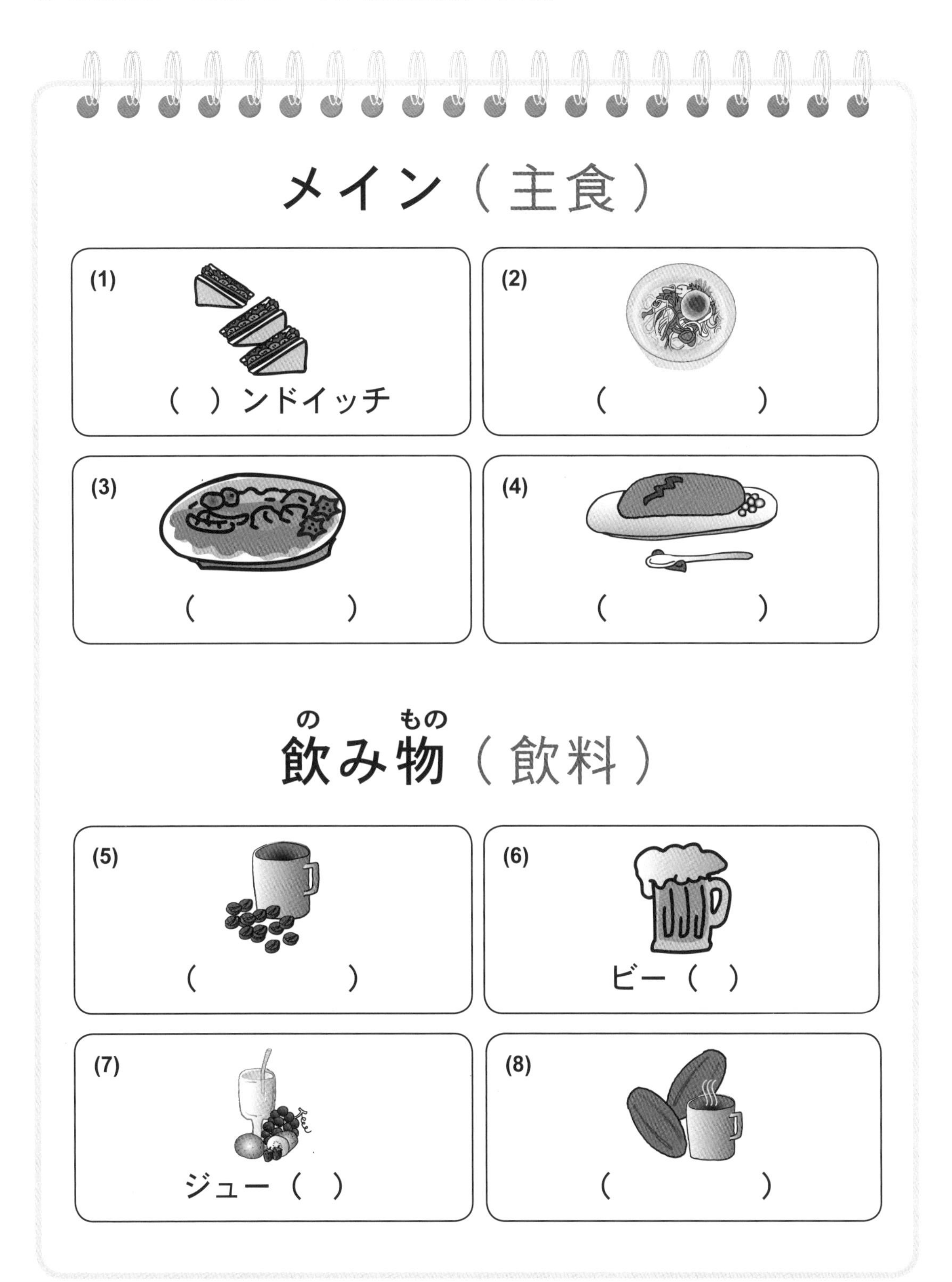

* 解答請見P.267

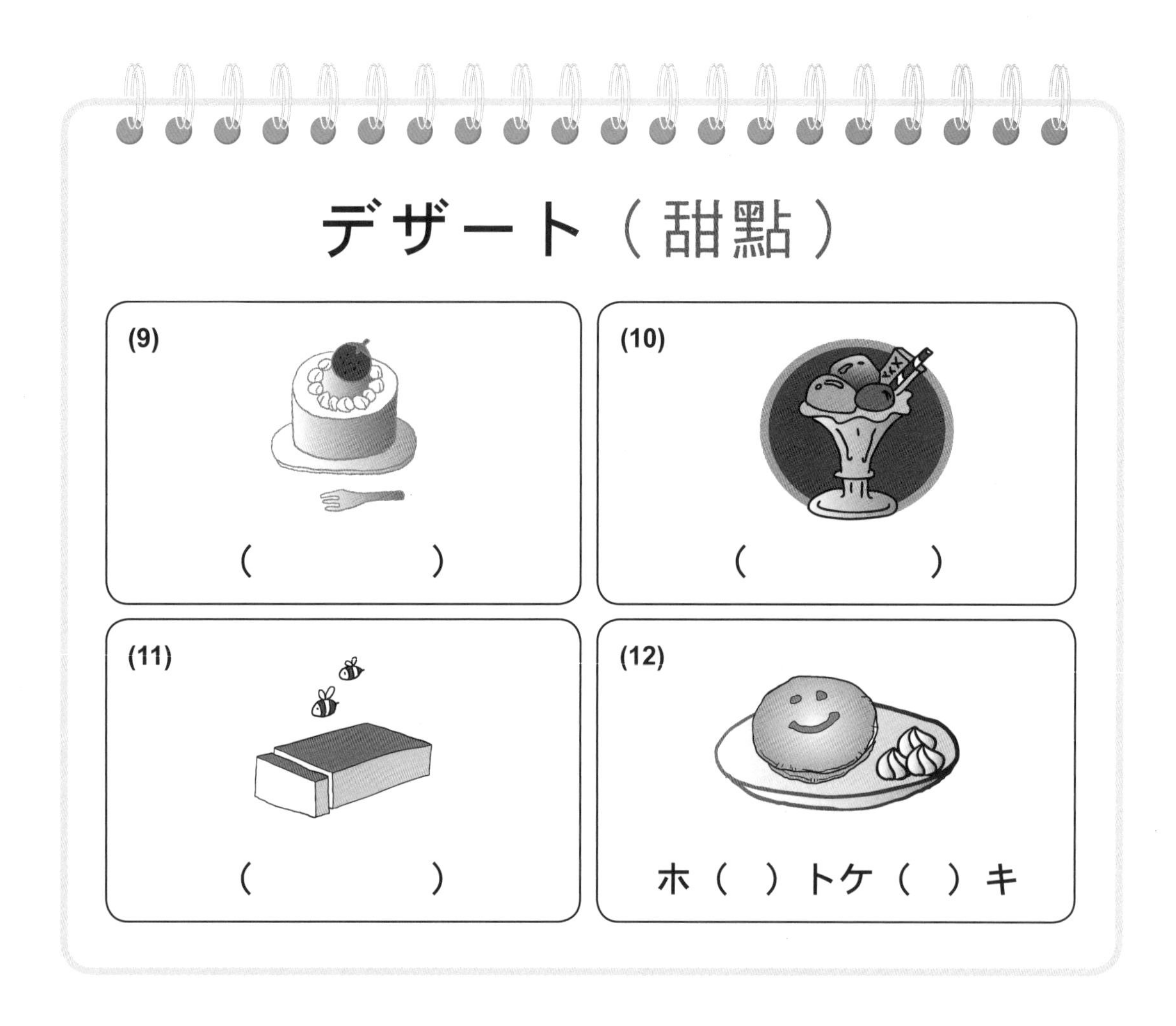

【会話】どれに　しますか。 要點哪一個？（參考P.62實力養成）

【レストラン】（餐廳）

李　：どれに　しますか。 要點什麼？

佐藤：ラーメンに　します。 我要點拉麵。

李　：じゃ、私は　カレーに　します。 那我要點咖哩。

練習活動2

✽ 唸唸看，連連看　這是誰的聲音呢？

コケコッコー ●　　　　●

モーモー ●　　　　●

ワンワン ●　　　　●

カーカー ●　　　　●

ケロケロ ●　　　　●

ニャーニャー ●　　　　●

* 解答請見P.267

濁音・半濁音
（だくおん・はんだくおん）

學完片假名的清音後，緊接著就要學習片假名的濁音和半濁音囉！

基本上片假名的濁音和半濁音的發音和平假名一模一樣，書寫規則也比照平假名。片假名的濁音主要是在「**カ**」、「**サ**」、「**タ**」、「**ハ**」這四行的右上角加上「〃」，標注方式一樣是從左上往右下畫下來，成為「**ガ**」、「**ザ**」、「**ダ**」、「**バ**」四行，總共二十個字。

片假名的半濁音只有一行，是在原本清音的「**ハ**」行的右上角標注「°」，成為「**パ**」行，只有五個字。

清音	**濁音**	**半濁音**
ハ	バ	パ

MP3-041
ガ が ga
ギ ぎ gi
グ ぐ gu
ゲ げ ge
ゴ ご go
1 ガム
ga.mu
（口香糖）
1 ギター
gi.ta.a
（吉他）
1 グラス
gu.ra.su
（玻璃杯）
1 ゴルフ
go.ru.fu
（高爾夫）

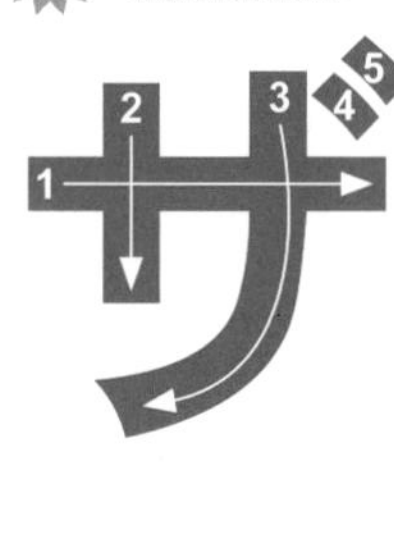

ざ za

じ ji

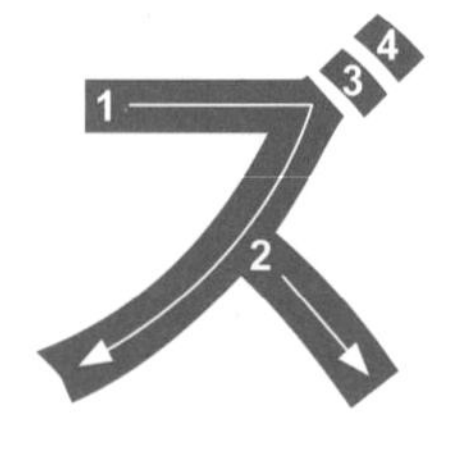

ず zu

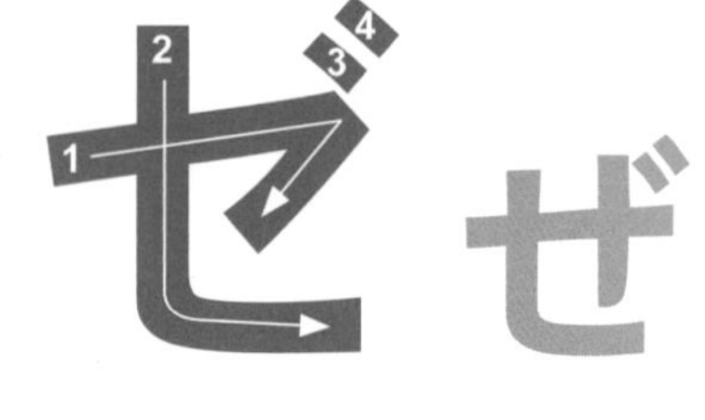

ze

ぞ zo

2 モザイク
mo.za.i.ku
（馬賽克）

1 ラジオ
ra.ji. o
（收音機）

1 チーズ
chi.i.zu
（乳酪）

2 リゾート
ri.zo.o.to
（渡假勝地）

MP3-043
ダ だ da
チ ぢ ji
ヅ づ zu
デ で de
ド ど do
1 ダンス
da.n.su
（跳舞）
1 デート
de.e.to
（約會）
2 デザート
de.za.a.to
（甜點）
1 ソーダ
so.o.da
（汽水）

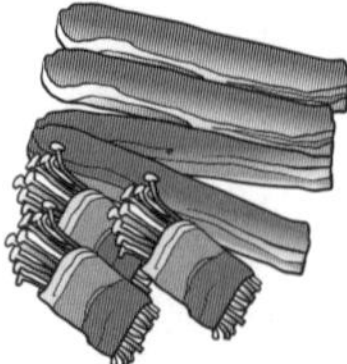

1 バナナ
ba.na.na
（香蕉）

1 テレビ
te.re.bi
（電視機）

1 ビール
bi. i. ru
（啤酒）

1 ベーコン
be.e.ko.n
（培根）

MP3-045
パ ぱ pa
ピ ぴ pi
プ ぷ pu
ペ ぺ pe
ポ ぽ po
1 パン
pa.n
（麵包）
0 ピアノ
pi.a.no
（鋼琴）
1 プール
pu.u.ru
（游泳池）
1 ペン
pe.n
（筆）

練習活動3

✽ 唸唸看，想想看　下面的片假名代表什麼意思呢？

番号	片仮名	意味
例	リラックマ	懶懶熊
(1)	スヌーピー	
(2)	ハローキティ	
(3)	ミッキーマウス	
(4)	ハンバーガー	
(5)	フライドポテト	
(6)	マンゴープリン	
(7)	ポテトチップス	
(8)	シンガポール	
(9)	イギリス	
(10)	アメリカ	
(11)	カナダ	
(12)	マレーシア	

* 解答請見P.267

【会話】～は　日本語／中国語／英語で　何ですか。（參考附錄3）

佐藤：すみません、「スイス」は　中国語で　何ですか。

　　　請問「スイス」的中文怎麼說？

陳　：「瑞士」です。「瑞士」。

佐藤：どうも。謝謝。

拗音（ようおん）

片假名的拗音，和平假名一樣，是將片假名的清音、濁音、半濁音的「イ段音（母音是i的假名）」分別和「ヤ」、「ユ」、「ヨ」合成一個字。書寫時「ヤ」、「ユ」、「ヨ」要縮小為四分之一大小，成為「ヤ→ャ」、「ユ→ュ」、「ヨ→ョ」。而書寫的位置緊靠在前一個假名的右下角。

另外，為了表示日文中沒有的外來語發音，片假名拗音當中追加「ア→ァ」、「イ→ィ」、「ウ→ゥ」、「エ→ェ」、「オ→ォ」這些特殊音，書寫時一樣是縮小為四分之一，和其他的片假名合成一個字，例如：「ファ」、「ウィ」、「トゥ」、「シェ」、「フォ」等。

發音方式，同樣是將兩個假名以拼音方式發音，全部只能算一個字，只有一拍！

例：

チョコレート

✽ 唸唸看　這四個單字，猜猜看是什麼意思？

1 ソファー　（so.fa.a）　（　　　　）

1 オフィス　（o.fi.su）　（　　　　）

1 カフェ　（ka.fe）　（　　　　）

1 フォーク　（fo.o.ku）　（　　　　）

MEMO

解答：沙發、辦公室、咖啡、叉子

✲ 寫寫看，唸唸看　片假名的拗音，位置要寫在前一個假名的右下角喔！

kya	kyu	キョ kyo
シャ sha	shu	sho
cha	chu	チョ cho
nya	ニュ nyu	nyo
ヒャ hya	hyu	hyo
mya	ミュ myu	myo
リャ rya	ryu	ryo
gya	gyu	ギョ gyo
ja	ジュ ju	jo
bya	ビュ byu	byo
pya	pyu	ピョ pyo

練習活動 4

✽ 唸唸看　填出正確的片假名。

1 (　　) ース
nyu.　u. su
(新聞)

1 (　　) ツ
sha.　tsu
(襯衫)

1 (　　) コ
cho.　ko
(巧克力)

1 (　　) ンプ
kya.　n. pu
(露營)

1 (　　) ーク
fo.　o. ku
(叉子)

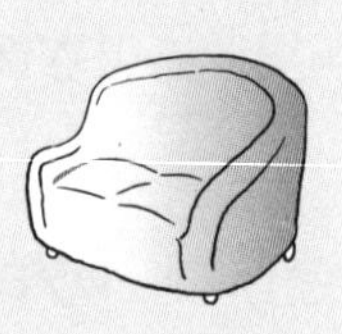

1 ソ (　　) ー
so.　fa.　a
(沙發)

1 (　　) ー
ti.　i
(茶)

1 (　　) ス
che.　su
(西洋棋)

1 オ (　　) ス
o.　fi.　su
(辦公室)

1 カ (　　)
ka.　fe
(咖啡)

1 (　　) スコ
di.　su. ko
(迪斯可)

1 (　　) ース
ju.　u. su
(果汁)

※小叮嚀：咖啡的另一個講法為 **3** コーヒー

【體驗日本文化1】

「神社」（神社）和「お寺」（寺廟）哪裡不同？

試試看 右列的項目，哪些在「神社」？哪些在「お寺」？請連連看，並填在（　　）裡。

神社

明治神宮

（　　　　　　　　）

お寺

浅草寺

（　　　　　　　　）

1　巫女（侍奉神明的未婚女子）

2　僧侶（僧侶；和尚）

3　鳥居（鳥居拱門）

4　お墓（墓碑）

5　手を叩く（拍手）

6　鈴を鳴らす（搖鈴）

7　大きい鐘がある（有大鐘）

8　仏教の神様（佛教的神明）

9　結婚式（結婚儀式）

10　祈願（乞求願望）

11　初詣（大年初一的首次參拜）

連連看後，就不會再弄錯「神社」和「お寺」了。

【體驗日本文化1】解答

神社（じんじゃ）

明治神宮（めいじじんぐう）

（1.3.5.6.9.10.11）

1 巫女（みこ）（侍奉神明的未婚女子）

2 僧侶（そうりょ）（僧侶；和尚）

3 鳥居（とりい）（鳥居拱門）

4 お墓（はか）（墓碑）

5 手（て）を叩（たた）く（拍手）

6 鈴（すず）を鳴（な）らす（搖鈴）

7 大（おお）きい鐘（かね）がある（有大鐘）

8 仏教（ぶっきょう）の神様（かみさま）（佛教的神明）

9 結婚式（けっこんしき）（結婚儀式）

10 祈願（きがん）（乞求願望）

11 初詣（はつもうで）（大年初一的首次參拜）

お寺

浅草寺

（2.4.7.8.10.11）

1 巫女（侍奉神明的未婚女子）

2 僧侶（僧侶；和尚）

3 鳥居（鳥居拱門）

4 お墓（墓碑）

5 手を叩く（拍手）

6 鈴を鳴らす（搖鈴）

7 大きい鐘がある（有大鐘）

8 仏教の神様（佛教的神明）

9 結婚式（結婚儀式）

10 祈願（乞求願望）

11 初詣（大年初一的首次參拜）

傳統上，大年初一日本人只會到「神社」做首次參拜，但是現代人則是兩處皆有人前往。以後不會再弄錯「神社」和「お寺」了，對吧！

【挑戰日本通13-18】我問你答

Q 13. 在東京搭手扶梯（エスカレーター）要靠哪邊站？

☐ 左邊　　☐ 右邊

Q 14. 日幣一萬元紙鈔上的人是誰？

☐ 渋沢栄一　　☐ 福沢諭吉

Q 15. 在日本喝酒後騎腳踏車（自転車）算不算違法？

☐ 算　　☐ 不算

Q 16. 日本最有名的棒球盛事甲子園（甲子園），是幾月舉辦總決賽？

☐ 7月　　☐ 8月

Q 17. 去日本旅遊時常看到各種顏色的貓，想要「無病息災」的話要挑什麼顏色？

☐ 黑色（黒）　　☐ 紅色（赤）

Q 18. 日本的寶船（宝船）圖案象徵財富，老鷹（鷹）圖案象徵理想和夢想，那麼鈴鐺（鈴）呢？

☐ 象徵開運、緣份　　☐ 象徵富貴、名利雙得

* 七福神寶船

【挑戰日本通13-18】原來如此

Ⓐ 13. 在東京搭手扶梯要靠左邊站，通常東京人靠左邊站，大阪人靠右邊站。

Ⓐ 14. 日幣一萬元紙鈔上的人是渋沢栄一（しぶさわえいいち），他是日本的實業家。

Ⓐ 15. 在日本喝酒後騎腳踏車算違法，和汽車酒駕一樣，是要罰款或監禁的，但是通常都用規勸輔導方式較多。

* 日本的「駐輪場（ちゅうりんじょう）」（停腳踏車的地方）

* 腳踏車收費方式每個地方都不同喔！

Ⓐ 16. 日本最有名的棒球盛事甲子園總決賽是在8月中旬，但是選拔賽大概從3月下旬和4月上旬就陸續展開了。

Ⓐ 17. 想要「無病息災」的話要挑紅色，黑色是「避邪消災」，金色是「財運亨通」，粉色是「戀愛順利」，綠色是「金榜題名」，藍色是「事業有成」，白色是「招福」，黃色是「締結良緣」。

Ⓐ 18. 鈴鐺象徵開運、緣份，富士山象徵富貴、名利雙得。另外茄子象徵願望與理想實現，龜鶴象徵長壽，松竹梅象徵吉祥，四季花卉象徵富貴，櫻花象徵愛情、事業順利。

實力養成 文房具（文具）

0 鉛筆（えんぴつ） 鉛筆	3 蛍光ペン（けいこう） 螢光筆	3 万年筆（まんねんひつ） 鋼筆
0 シャーペン 自動鉛筆	0 ボールペン 原子筆	1 マーカー 麥克筆
0 電卓（でんたく） 計算機	0 消しゴム（け） 橡皮擦	3 修正液（しゅうせいえき） 立可白
3 4 物差し（ものさ） 尺	0 はさみ 剪刀	2 1 クリップ 迴紋針
1 ホッチキス 訂書機	2 のり 膠水	1 ファイル 文件夾
1 テープ 膠帶		

自己紹介（じこしょうかい）
（自我介紹）

✿ 學習目標

1. 名前（なまえ）（姓名）
2. 職業（しょくぎょう）（職業）
3. 家族（かぞく）（家人）
4. 年（とし）（年齡）
5. 干支（えと）・星座（せいざ）（生肖・星座）

MP3-049

1 名前（なまえ）（姓名）

私（わたし）は　林（りん）です。　我姓林。

私（わたし）は　林（りん）と　申（もう）します。　敝姓林。（較為鄭重的說法。）

會話

林（りん）　：初（はじ）めまして。林（りん）です。

どうぞ　よろしく（お願（ねが）いします）。

初次見面！我姓林。

請（您）多多指教。

小林（こばやし）：初（はじ）めまして。小林（こばやし）です。

こちらこそ　よろしく（お願（ねが）いします）。

初次見面！我姓小林。

彼此彼此，請（您）也多多指教。

中日姓氏：找出自己的姓氏，並認識日本姓氏。

ちゅうごくじん　みょうじ
中国人の苗字（中國人的姓氏）

てい 丁 （丁）	おう 王 （王）	ご 呉 （吳）	ほう 方 （方）	りん 林 （林）	ちょう 張 （張）
りゅう 劉 （劉）	かく 郭 （郭）	そ 曾 （曾）	こう 黄 （黃）	しゅ 朱 （朱）	こう 江 （江）
りー 李 （李）	か 何 （何）	ちん 沈 （沈）	しゃ 謝 （謝）	そ 蘇 （蘇）	ちん 陳 （陳）
じょ 徐 （徐）	ろ 呂 （呂）	しょう 邵 （邵）	そう 曹 （曹）	しゅう 周 （周）	てい 鄭 （鄭）
きゅう 邱 （邱）	よう 楊 （王）	よう 葉 （葉）	きょ 許 （許）	こ 胡 （胡）	はん 范 （范）
こう 高 （高）	こう 洪 （洪）				

にほんじん　みょうじ
日本人の苗字（日本人的姓氏）

さとう **佐藤** （佐藤）	すずき **鈴木** （鈴木）	たかはし **高橋** （高橋）	たなか **田中** （田中）
わたなべ **渡辺** （渡邊）	いとう **伊藤** （伊藤）	なかむら **中村** （中村）	やまもと **山本** （山本）
こばやし **小林** （小林）	さいとう **斉藤** （齊藤）	かとう **加藤** （加藤）	やまだ **山田** （山田）
よしだ **吉田** （吉田）	ささき **佐々木** （佐佐木）	いのうえ **井上** （井上）	やまぐち **山口** （山口）
まつもと **松本** （松本）	きむら **木村** （木村）	あべ **安部** （安部）	いけだ **池田** （池田）

2 職業(しょくぎょう)(職業)

私(わたし)は　学生(がくせい)です。 我是學生。

陳(ちん)さんは　先生(せんせい)じゃ(では)　ありません。

陳先生(小姐)不是老師。

會話

陳(ちん)　：鈴木(すずき)さんの　お仕事(しごと)は?

鈴木先生(小姐)您的工作是什麼?

鈴木(すずき)：会社員(かいしゃいん)です。 公司職員。

加藤(かとう)：林(りん)さんは　公務員(こうむいん)ですか。 林先生(小姐)是公務員嗎?

林(りん)　：はい、そうです。公務員(こうむいん)です。 是,是的。是公務員。

加藤(かとう)：李(りー)さんも　公務員(こうむいん)ですか。 李先生(小姐)也是公務員嗎?

林(りん)　：いいえ、李(りー)さんは　公務員(こうむいん)じゃ(では)　ありません。

銀行員(ぎんこういん)です。

不,李先生(小姐)不是公務員。

是銀行行員。

MP3-052

說說看

說說看這些人的工作是什麼？

- 王（おう）：0 学生（がくせい）（學生）
- 小林（こばやし）：3 先生（せんせい）（老師）
- 鈴木（すずき）：3 会社員（かいしゃいん）（公司職員）
- 田中（たなか）：4 セールスマン（業務員）
- マリー：3 看護師（かんごし）（護士）
- 陳（ちん）：1 コック（廚師）
- 豊田（とよた）：0 店員（てんいん）（店員）
- 林（りん）：3 公務員（こうむいん）（公務員）

- 楊（よう）：5 専業主婦（せんぎょうしゅふ）（家庭主婦）

- マイケル：0 医者（いしゃ）（醫生）

小叮嚀

老師的職稱為「教師（きょうし）」（教師）。「先生（せんせい）」是對老師的敬稱。在日本敬稱為「先生（せんせい）」者，除了老師之外，對醫生、從政者、專業技術人員等，也尊稱為「先生（せんせい）」。

MP3-053

3 家族（かぞく）（家人）

家族（かぞく）は　四人（よにん）です。 我家有四個人。

弟（おとうと）は　二人（ふたり）です。 我有兩個弟弟。

會話

田中（たなか）：林（りん）さん、家族（かぞく）は　何人（なんにん）ですか。

林先生（小姐），你家裡有幾個人？

林（りん）　：五人（ごにん）です。両親（りょうしん）と　兄（あに）と　妹（いもうと）です。

五個人。父母和哥哥和妹妹。

鈴木（すずき）：私（わたし）は　三人家族（さんにんかぞく）です。妻（つま）と　子供（こども）が　一人（ひとり）です。

王（おう）さんは？

我家有三個人。太太和一個小孩。王先生（小姐）呢？

王（おう）　：家族（かぞく）は　四人（よにん）です。父（ちち）と　母（はは）と　姉（あね）です。

我家有四個人。爸爸和媽媽和姊姊。

說說看

介紹你重要的家族成員。

成員	尊稱他人的家人	謙稱自己的家人
爺爺	2 お爺(じい)さん	1 祖父(そふ)
奶奶	2 お婆(ばあ)さん	1 祖母(そぼ)
爸爸	2 お父(とう)さん	1 2 父(ちち)
媽媽	2 お母(かあ)さん	1 母(はは)
太太	1 奥(おく)さん	1 家内(かない) 1 妻(つま)
先生	2 ご主人(しゅじん)	1 主人(しゅじん) 0 夫(おっと)
女兒	0 娘(むすめ)さん 2 お嬢(じょう)ちゃん	3 娘(むすめ)
兒子	0 息子(むすこ)さん 2 お坊(ぼ)っちゃん	0 息子(むすこ)
哥哥	2 お兄(にい)さん	1 兄(あに)
姊姊	2 お姉(ねえ)さん	0 姉(あね)
弟弟	0 弟(おとうと)さん	4 弟(おとうと)
妹妹	0 妹(いもうと)さん	4 妹(いもうと)

1-10人的說法：

2 ひとり
一人

3 ふたり
二人

3 さんにん
三人

2 よにん
四人

2 ごにん
五人

2 ろくにん
六人

2 ななにん
2 しちにん
七人

2 はちにん
八人

1 きゅうにん
九人

1 じゅうにん
十人

1 なんにん
何人（幾個人）

4 年(とし)（年齡）

私(わたし)は　四十五歳(よんじゅうごさい)です。 我四十五歲。

娘(むすめ)は　二十歳(はたち)です。 我女兒二十歲。

會話

加藤(かとう)：失礼(しつれい)ですが、おいくつですか。 冒昧請問，您幾歲？

楊(よう)　：私(わたし)は　三十二歳(さんじゅうにさい)です。 我三十二歲。

高橋(たかはし)：陳(ちん)さん、子供(こども)さんは　何歳(なんさい)ですか。

陳先生（小姐），您的小孩幾歲？

陳(ちん)　：娘(むすめ)は　三歳(さんさい)です。息子(むすこ)は　九歳(きゅうさい)です。

女兒三歲。兒子九歲。

幾歲的說法有兩種：(1) 何歳(なんさい)：為一般說法

(2) おいくつ：為禮貌說法

說說看自己是幾歲。

1 いっさい	一歲
1 にさい	二歲
1 さんさい	三歲
1 よんさい	四歲
1 ごさい	五歲
2 ろくさい	六歲
2 ななさい	七歲
1 はっさい	八歲
1 きゅうさい	九歲
1 じゅっさい / 1 じっさい	十歲
1 はたち	二十歲
3 さんじゅっさい / 3 さんじっさい	三十歲
さんじゅういっさい	三十一歲
よんじゅうにさい	四十二歲
ごじゅうさんさい	五十三歲
ろくじゅうよんさい	六十四歲
ななじゅうごさい	七十五歲

日語歲數的特殊說法

特殊說法	一般說法
0 還暦（かんれき）	六十一歳（ろくじゅういっさい）
1 古希（こき）	七十歳（ななじゅっさい）／七十歳（ななじっさい）
1 喜寿（きじゅ）	七十七歳（ななじゅうななさい）
1 傘寿（さんじゅ）、やそじゅ	八十歳（はちじゅっさい）／八十歳（はちじっさい）
1 0 米寿（べいじゅ）	八十八歳（はちじゅうはっさい）
1 卒寿（そつじゅ）	九十歳（きゅうじゅっさい）／九十歳（きゅうじっさい）
1 白寿（はくじゅ）	九十九歳（きゅうじゅうきゅうさい）
1 百寿（ももじゅ）	百歳（ひゃくさい）

以上歲數皆為「数え年（かぞえどし）」（虛歲）。

MP3-057

5 干支(えと)・星座(せいざ)（生肖・星座）

文型

私(わたし)は　虎(とら)です。 我屬虎。

姉(あね)は　双子座(ふたござ)です。 姊姊是雙子座。

會話

木村(きむら)：呉(ご)さんは　何年(なにどし)ですか。 吳先生（小姐）是什麼生肖？

呉(ご)　：羊(ひつじ)です。 我屬羊。

田中(たなか)：張(ちょう)さんは　何座(なにざ)ですか。 張先生（小姐）是什麼星座？

張(ちょう)　：蟹座(かにざ)です。 我是巨蟹座。

小叮嚀

十二生肖中有些唸法與一般不同：「**鼠(ねずみ)**」（鼠）、「**兎(うさぎ)**」（兔）、「**竜(たつ)**」（龍）、「**蛇(へび)**」（蛇）、「**鶏(にわとり)**」（雞）、「**猪(いのしし)**」（豬）。生肖屬豬是「**猪(いのしし)**」，而不是「**豚(ぶた)**」。

說說看

干支（生肖）

（えと）

せいざ
星座（星座）

おひつじざ
牡羊座

おうしざ
牡牛座

ふたござ
双子座

かにざ
蟹座

ししざ
獅子座

おとめざ
乙女座

てんびんざ
天秤座

さそりざ
蠍座

いてざ
射手座

やぎざ
山羊座

みずがめざ
水瓶座

うおざ
魚座

MP3-059

6 文型解說

Aは　Bです。

此肯定句在本課是用來介紹姓名、國籍、職業等。譯為「A是B」。此處「は」為助詞，發音唸成「wa」，用來提示主題。

私（わたし）は　専業主婦（せんぎょうしゅふ）です。 我是家庭主婦。

王（おう）さんは　先生（せんせい）です。 王先生（小姐）是老師。

Aは　Bですか。

此句為上句之疑問句，譯為「A是B嗎」。此處「か」為助詞，表示疑問。

林（りん）さんは　弁護士（べんごし）ですか。 林先生（小姐）是律師嗎？

陳（ちん）さんは　公務員（こうむいん）ですか。 陳先生（小姐）是公務員嗎？

Aも　Bです。

當兩個句子有相同的事物時，第二個句子的「は」改成「も」。此處「も」為助詞，表示提起相同的事物，譯為「A也是B」。

私（わたし）は　学生（がくせい）です。 我是學生。

鈴木（すずき）さんも　学生（がくせい）です。 鈴木先生（小姐）也是學生。

Aは　Bじゃ（では）　ありません。

此句是「AはBです」的否定句，譯為「A不是B」。「～じゃ（では）　ありません」是「です」的否定形。「～じゃ　ありません」用於日常會話中，「～では　ありません」則用於正式說法和書寫時。此處「では」的「は」為助詞，發音唸成「wa」。

吉田（よしだ）さんは　先生（せんせい）じゃ（では）　ありません。
吉田先生（小姐）不是老師。

「Aは　Bですか。」的回答表現

肯定回答：「はい、Bです。」或「はい、そうです。」譯為「是的，是B。」或「是，是的。」

否定回答：「いいえ、Bじゃ（では）　ありません。」譯為「不，不是B。」或簡單回答「いいえ、そうじゃ（では）　ありません。」即可。

MEMO

做做看

自己紹介（自我介紹）

はじめまして（　　　　）です。

（　　　　）歳です。

（　　　　）です。（職業）

（　　　　）年です。

（　　　　）座です。

どうぞ　よろしく　お願いします。

* 解答請見P.268

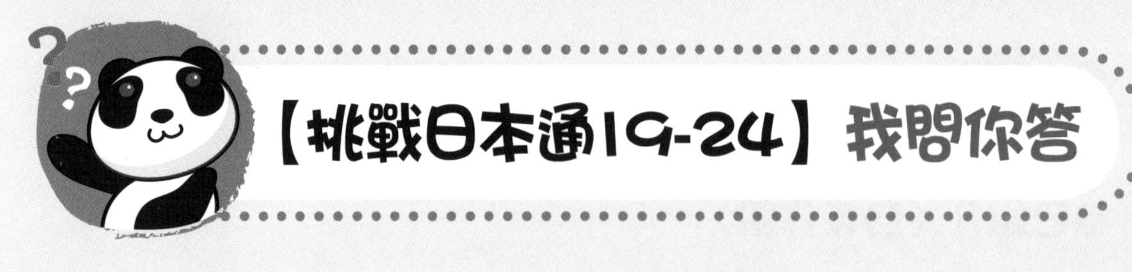

Q 19. 日本祈求小女孩長大後能夠幸福的節日，「女兒節」（雛祭り）是哪一天？

☐ 3月3日　　☐ 5月5日

Q 20. 走在日本街道上常會看到紅燈籠（赤提灯），那是什麼？

☐ 擺地攤（露店）賣東西　　☐ 路邊攤（屋台）賣吃的

Q 21. 日本人什麼時候會收到賀年卡（年賀状）？

☐ 12月31日晚上　　☐ 1月1日早上

Q 22. 日本公司的獎金（ボーナス）什麼時候發呢？

☐ 和台灣一樣，12月或過年前

☐ 和台灣不一樣，6月和12月各一次

Q 23. 日本的印章（判子（はんこ）・印鑑（いんかん））和台灣的印章一樣嗎？

☐ 一樣　☐ 不一樣

Q 24. 想要在日本吃可以喝很多湯的火鍋，應該要點什麼？

☐ 涮涮鍋（しゃぶしゃぶ）

☐ 壽喜燒（すき焼（や）き）

【挑戰日本通19-24】原來如此

19. 「女兒節」是3月3日，5月5日則是「男兒節」（端午の節句）。

20. 在日本如果看到紅燈籠，都是路邊攤賣吃的，通常是拉麵（ラーメン）、關東煮（おでん）或是烤雞肉串（焼き鳥）。

21. 日本人通常12月中旬寄出賀年卡，但是收件人則是會在元旦1月1日早上收到。

Ⓐ 22. 日本公司獎金的發放和台灣不一樣，是6月和12月各一次。

Ⓐ 23. 日本的印章和台灣的印章不一樣，日本的印章通常是圓的，而且只有刻姓，沒有刻名字。

Ⓐ 24. 想要在日本吃可以喝很多湯的火鍋，應該要點涮涮鍋；壽喜燒通常不喝湯，是把煮熟的食物，沾生雞蛋醬汁來吃。

實力養成 電器製品（電器用品）

6 CDプレーヤー CD播放機	4 洗濯機 洗衣機	4 電子レンジ 微波爐
3 扇風機 電風扇	3 炊飯器 電子鍋	5 電気スタンド 立燈
1 ポット 熱水瓶	0 ステレオ 音響	4 ビデオカメラ V8攝影機
0 エアコン 冷氣	1 ヒーター 暖氣	1 オーブン 烤箱
0 2 ドライヤー 吹風機	5 コーヒーメーカー 咖啡壺	

時間

（時間）

✽學習目標

1. 何時ですか。（幾點幾分）

2. 何月何日 / 何曜日（幾月幾日 / 星期幾）

3. 何の日ですか。（什麼日子？）

【體驗日本文化 2】正確的參拜方法和禮節？

MP3-060

1 何時ですか。（幾點幾分）

今　七時です。 現在是七點。

銀行は　午前　九時から　午後　三時半までです。

銀行營業時間是從早上九點到下午三點半為止。

會話

田中：今　何時ですか。 現在是幾點？

林　：今　八時半です。 現在是八點半。

鈴木：スーパーは　何時から　何時までですか。

超市營業時間是從幾點到幾點？

王　：午前　九時半から　午後　十時までです。

從早上九點半到下午十點。

MP3-061

說說看

時間的唸法：

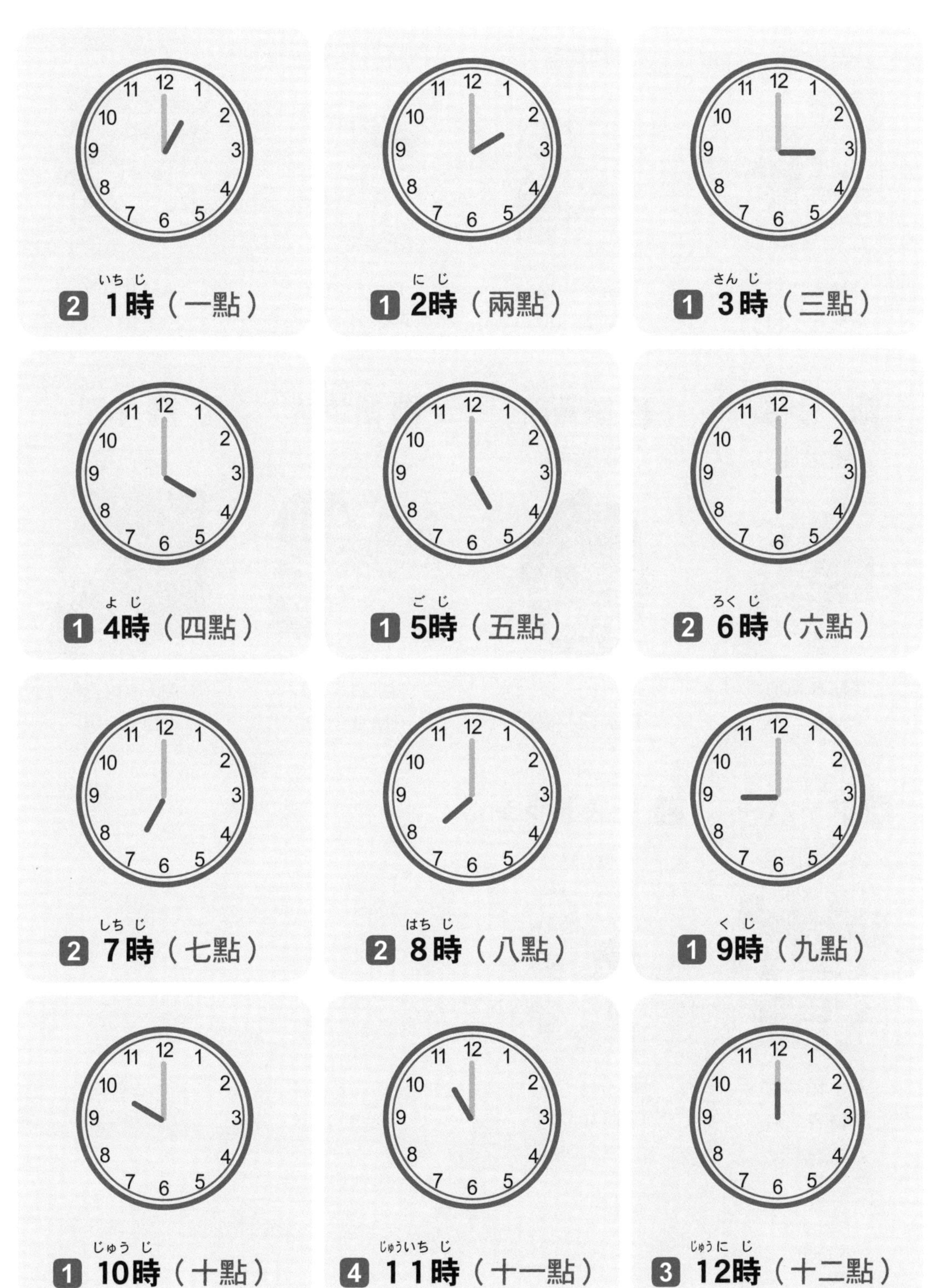
いちじ
2 1時（一點）
にじ
1 2時（兩點）
さんじ
1 3時（三點）
よじ
1 4時（四點）
ごじ
1 5時（五點）
ろくじ
2 6時（六點）
しちじ
2 7時（七點）
はちじ
2 8時（八點）
くじ
1 9時（九點）
じゅうじ
1 10時（十點）
じゅういちじ
4 11時（十一點）
じゅうにじ
3 12時（十二點）

說說看下列場所的營業時間。

びじゅつかん
3 美術館
（美術館）

AM 8：00
PM 6：30

はくぶつかん
4 博物館
（博物館）

AM 9：00
PM 7：00

いざかや
0 3 居酒屋
（居酒屋）

PM 5：00
PM 11：30

はなや
2 花屋
（花店）

AM 6：00
PM 10：30

や
1 パン屋
（麵包店）

AM 6：00
PM 4：00

えいがかん
3 映画館
（電影院）

AM 10：00
PM 12：30

めがねや
0 眼鏡屋
（眼鏡行）

AM 11：00
PM 9：30

ほんや
1 本屋
（書店）

AM 10：30
PM 9：00

1 スーパー
（超市）

AM 10：00
PM 8：30

1 レストラン
（餐廳）

AM 11：30
PM 9：30

何月何日（なんがつなんにち）／何曜日（なんようび）（幾月幾日／星期幾）

今日（きょう）は　五月二十日（ごがつはつか）です。　今天是五月二十日。

明日（あした）は　土曜日（どようび）です。　明天是星期六。

會話

鈴木（すずき）：陳（ちん）さんの　誕生日（たんじょうび）は　何月何日（なんがつなんにち）ですか。

陳先生（小姐）的生日是幾月幾日？

陳（ちん）　：二月十五日（にがつじゅうごにち）です。　二月十五日。

田中（たなか）：この　店（みせ）の　休（やす）みは　何曜日（なんようび）ですか。

這家店的店休是星期幾？

林（りん）　：月曜日（げつようび）です。　星期一。

說說看家人、朋友的生日吧！

月（つき）（月份）

[4] 1月（いちがつ）	[3][0] 2月（にがつ）	[1] 3月（さんがつ）	[3][0] 4月（しがつ）	[1] 5月（ごがつ）
[4][0] 6月（ろくがつ）	[4][0] 7月（しちがつ）	[4][0] 8月（はちがつ）	[1] 9月（くがつ）	[4][0] 10月（じゅうがつ）
[6][0] 11月（じゅういちがつ）	[5][0] 12月（じゅうにがつ）	[1] 何月（なんがつ）		

日（ひ）にち（日期）

[4] 1日（ついたち）	[0] 2日（ふつか）	[0] 3日（みっか）	[0] 4日（よっか）	[0] 5日（いつか）
[0] 6日（むいか）	[0] 7日（なのか）	[0] 8日（ようか）	[4] 9日（ここのか）	[0] 10日（とおか）
[1] 14日（じゅうよっか）	[0] 20日（はつか）	[1] 24日（にじゅうよっか）	[1] 何日（なんにち）	

曜日（ようび）（星期）

3 日曜日（にちようび） （星期日）	3 月曜日（げつようび） （星期一）	2 火曜日（かようび） （星期二）	3 水曜日（すいようび） （星期三）	3 木曜日（もくようび） （星期四）
3 金曜日（きんようび） （星期五）	2 土曜日（どようび） （星期六）	3 何曜日（なんようび） （星期幾）		

◎星期記憶小訣竅

星期二 → 火曜日（かようび）　因為火有兩點。

星期三 → 水曜日（すいようび）　因為三點水。

星期四 → 木曜日（もくようび）　因為木四劃。

星期五 → 金曜日（きんようび）　因為五金行。

星期六 → 土曜日（どようび）　星期六要加班會覺得灰頭土臉，
或放假去「七逃（要用台語說喔）」。

星期日 → 日曜日（にちようび）

星期一 → 月曜日（げつようび）　因為有日就有月，日是星期日，月就是星期一。

MP3-064

3 何(なん)の日(ひ)ですか。（什麼日子？）

今日(きょう)は　母(はは)の　日(ひ)です。 今天是母親節。

こどもの　日(ひ)は　五月五日(ごがついつか)です。 （日本的）兒童節是五月五日。

會話

王(おう)　：今日(きょう)は　何(なん)の　日(ひ)ですか。 今天是什麼節日？

田中(たなか)：今日(きょう)は　体育(たいいく)の　日(ひ)です。 今天是體育節。

林(りん)　：日本(にほん)の　父(ちち)の　日(ひ)は　八月八日(はちがつようか)ですか。

日本的父親節是八月八日嗎？

加藤(かとう)：いいえ、違(ちが)います。六月(ろくがつ)の第三日曜日(だいさんにちようび)です。

不，不是。是六月的第三個星期日。

日本（にほん）の年中行事（ねんじゅうぎょうじ）（日本節慶）

元日（がんじつ）
（元旦）
1月1日

成人の日（せいじんのひ）
（成人節）
1月の第二月曜日（だいにげつようび）

建国記念の日（けんこくきねんのひ）
（建國紀念日）
2月11日

バレンタインデー
（情人節）
2月14日

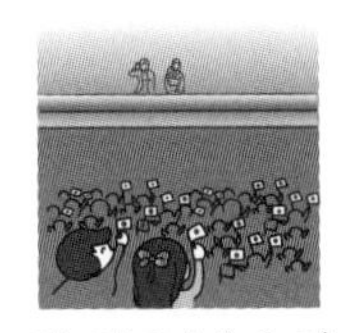

天皇誕生日（てんのうたんじょうび）
（天皇生日）
2月23日

ホワイトデー
（白色情人節）
3月14日

春分の日（しゅんぶんのひ）
（春分之日）
3月21日前後
（每年時間不同）

昭和の日（しょうわのひ）
（昭和之日）
4月29日

憲法記念日（けんぽうきねんび）
（憲法紀念日）
5月3日

みどりの日（ひ）
（綠之日）
5月4日

こどもの日（ひ）
（兒童節）
5月5日

海の日（うみのひ）
（海之日）
7月の第三月曜日（だいさんげつようび）

山の日（やまのひ）
（山之日）
8月11日

敬老の日（けいろうのひ）
（敬老日）
9月の第三月曜日（だいさんげつようび）

秋分の日（しゅうぶんのひ）
（秋分之日）
9月22日或23日
（每年時間不同）

スポーツの日（ひ）
（體育節）
10月の第二月曜日（だいにげつようび）

文化の日（ぶんかのひ）
（文化節）
11月3日

勤労感謝の日（きんろうかんしゃのひ）
（勞工感恩節）
11月23日

クリスマス
（聖誕節）
12月25日

※小叮嚀：
天皇生日是以在位天皇為準。

午前（ごぜん）・午後（ごご）＋～時（じ）

表示上午、下午～點。「何時（なんじ）」則是用來問時間的疑問詞。

台湾（たいわん）は　今（いま）　午前（ごぜん）　九時（くじ）です。 台灣現在是上午九點。

日本（にほん）は　今（いま）　何時（なんじ）ですか。 日本現在是幾點？

「時間＋から」、「時間＋まで」

「時間＋から」表示時間開始；「時間＋まで」表示時間結束。「時間＋から」與「時間＋まで」可以單獨使用。

美術館（びじゅつかん）は　午前（ごぜん）　九時半（くじはん）から　午後（ごご）　六時（ろくじ）までです。

美術館營業時間是早上九點半到下午六點。

スーパーは　午前（ごぜん）　八時（はちじ）からです。

超市營業時間從早上八點開始。

学校（がっこう）は　午後（ごご）　四時（よじ）までです。 學校到下午四點為止。

否定的回答

Q：今日（きょう）は　木曜日（もくようび）ですか。 今天是星期四嗎？

A：いいえ、違（ちが）います。金曜日（きんようび）です。 不，不是。是星期五。

「いいえ、違います。」與「いいえ、そうじゃ（では）ありません」的意思相同。

疑問詞「いつ」意思有兩種

(1) 幾點幾分相當於「**何時何分**」

(2) 幾月幾日相當於「**何月何日**」

簡單介紹在日本月曆出現的六曜。

六曜（ろくよう / りくよう）有先勝、友引、先負、仏滅、大安、赤口，其說明如下：

先勝（せんしょう / せんかち / さきがち / さきかち）中午前吉，下午兩點到六點凶。

友引（ともびき）早上吉，中午凶，傍晚大吉，忌喪事。

先負（せんぶ / せんぷ / せんまけ / さきまけ）早上凶，下午吉。

仏滅（ぶつめつ）只適合辦喪事。

大安（たいあん / だいあん）萬事大吉。

赤口（しゃっこう / しゃっく / じゃっく / じゃっこう / せきぐち）僅正午（中午十二點）吉。

依照下列例文，請完成下列表格。

Q：お誕生日（たんじょうび）は　何月何日（なんがつなんにち）ですか。 您的生日是幾月幾號？

A：七月十一日（しちがつじゅういちにち）です。 七月十一日。

Q：今年（ことし）の　七月十一日（しちがつじゅういちにち）は　何曜日（なんようび）ですか。

今年的七月十一日是星期幾？

A：火曜日（かようび）です。 星期二。

名前（なまえ）（姓名）	誕生日（たんじょうび）（生日）	曜日（ようび）（星期）
私（わたし）		
さん		
さん		

【體驗日本文化2】

正確的參拜方法和禮節？

試試看　下列項目的正確順序為何？請用1～7標示出來。

お賽銭を入れる（放香油錢）　（　　）

鈴を鳴らす（搖鈴）　（　　）

御籤を引く（抽籤）　（　　）

手水（手水）舍淨身（洗手淨口）　（　　）

一礼（鞠躬敬禮一次）　（　　）

手を叩く（拍手）　（　　）

二礼（鞠躬敬禮兩次）　（　　）

討論一下：

(1) 正確的洗手方式

* 手水舍（淨手池）

(2) 香油錢該投多少錢？

* 賽銭箱（香油錢箱）

【體驗日本文化2】解答

正確的參拜方法和禮節？

正確順序如下：

1 手水（手水）舍淨身（洗手淨口）

2 お賽銭を入れる（放香油錢）

3 鈴を鳴らす（搖鈴）

4 二礼（鞠躬敬禮兩次）

5 手を叩く（拍手）

6 一礼（鞠躬敬禮一次）

7 御籤を引く（抽籤）

解答：

(1) 正確的洗手方式

①右手拿杓子舀水洗左手

②左手拿杓子舀水洗右手

③右手拿杓子舀水將水放在左手手掌漱口

④舀水後將杓子直立直接沖洗

⑤將杓子放回原處

(2) 香油錢該投多少錢？

通常是投「五円（ごえん）」，發音同「御縁（ごえん）」，結個善緣的意思。

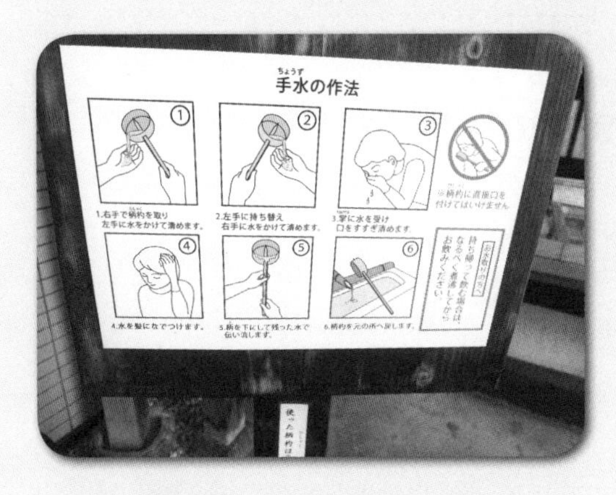

* 手水の作法（てみずさほう）（洗手漱口的方法）
說明：圖④通常會被省略過不做。

* 淺草不動尊（せんそうふどうそん）
（淺草寺不動尊王）

【挑戰日本通25-30】我問你答

Q 25. 用壓模做出來的長方形壽司（押し寿司・箱寿司）是日本哪裡的代表壽司呢？

- ☐ 關東（関東）
- ☐ 關西（関西）

Q 26. 外國人在日本過海關時，會被要求做什麼呢？

- ☐ 指紋對照（指紋の照合）
- ☐ 拍大頭照（顔写真を撮る）

Q 27. 日本的消費稅（消費税）2019年10月起調成多少？

- ☐ 8%
- ☐ 10%

Q 28. 2021年夏季奧林匹克（オリンピック）運動會是在哪兒舉行？

☐ 韓國平昌　　☐ 日本東京

Q 29. 日本的聖山，也是日本第一高山的富士山（富士山（ふじさん）），究竟有多高呢？

☐ 3776公尺（メートル）　　☐ 3952公尺

Q 30. 東京鐵塔（東京（とうきょう）タワー）及東京晴空塔（東京（とうきょう）スカイツリー）哪個較高？

☐ 東京鐵塔

☐ 東京晴空塔

【挑戰日本通25-30】原來如此

25. 用壓模做出來的長方形壽司是關西的代表壽司，關東的代表壽司是握壽司（握り寿司（にぎずし））。

26. 兩個都要！先做指紋對照，再拍大頭照。

27. 日本的消費稅原本是5%，但是2014年4月起調成8%，並自2019年10月調成10%。

28. 2021年夏季奧林匹克運動會是在日本東京舉行，2018年冬季奧林匹克運動會才是在韓國平昌舉行。

Ⓐ 29. 富士山高度為3776公尺，在2013年6月22日正式列入世界文化遺產，成為日本的第17個世界遺產（第13個世界文化遺產）。3952公尺則是台灣玉山的高度。

Ⓐ 30. 東京晴空塔較高。東京鐵塔高332.6公尺，昭和33年（1958年）開始營業，晴空塔高634公尺，平成24年（2012年）開始營業。

實力養成 色（いろ）（顏色）

1 赤（あか） 紅色	0 黄色（きいろ） 黃色	0 茶色（ちゃいろ） 咖啡色
0 オリーブ色（いろ） 橄欖色	0 肌色（はだいろ） 膚色	1 青（あお） 藍色
0 紺色（こんいろ） 深藍色	0 ベージュ 米色	1 アイボリー 象牙色
0 透明（とうめい） 透明	1 黒（くろ） 黑色	1 白（しろ） 白色
1 緑（みどり） 2 グリーン 綠色	0 桃色（ももいろ） 1 ピンク 粉紅色	0 灰色（はいいろ） 2 グレー 灰色
0 金色（きんいろ） 金色	0 銀色（ぎんいろ） 銀色	0 水色（みずいろ） 水藍色
0 だいだい色（いろ） 2 オレンジ 橘色；橙色	0 ワイン色（いろ） 4 ワインレッド 酒紅色	2 紫（むらさき） 1 パープル 紫色
1 二色（にしょく） 兩種顏色	濃（こ）い色（いろ） 深色	薄（うす）い色（いろ） 淺色
色々（いろいろ）な色（いろ） 各種顏色		

こ・そ・あ・ど
（指示代名詞）

✽學習目標

1. これ、それ、あれ、どれ
2. この、その、あの、どの
3. ここ、そこ、あそこ、どこ
4. 學習「こ、そ、あ、ど」系列之指示代名詞用法，能應用於日常生活中指示周遭物品。

MP3-067

1 これ、それ、あれ、どれ

文型

これは　カメラです。 這是照相機。

それは　私(わたし)の　傘(かさ)です。 那是我的傘。

あれは　携帯(けいたい)の　雑誌(ざっし)です。 那是手機雜誌。

會話

陳(ちん)　：それは　何(なん)ですか。 那是什麼？

田中(たなか)：携帯(けいたい)です。 手機。

陳(ちん)　：何(なん)の　携帯(けいたい)ですか。 是什麼樣的手機？

田中(たなか)：一番(いちばん)　新(あたら)しい　スマートフォンですよ。

最新的智慧型手機喔！

陳（ちん）：あのう、すみません。それは　誰（だれ）の　カメラですか。

請問一下。那是誰的照相機呢？

小林（こばやし）：どれですか。　哪一個呢？

陳（ちん）：それです。　那一個。

小林（こばやし）：それは　私（わたし）のです。ありがとう。　那是我的。謝謝。

說說看

看圖想想看，這些東西的日文怎麼說？

持(も)ち物(もの)（隨身物品）

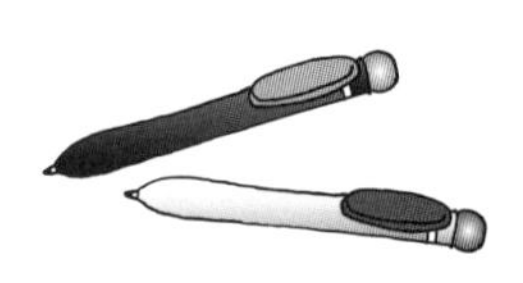

0 ボールペン
（原子筆）

例：私(わたし)

4 キャッシュカード
（現金卡）

例：陳(ちん)さん

5 デジタルカメラ
（數位相機）

例：王(おう)さん

3 腕時計(うでどけい)（手錶）

例：田中(たなか)さん

4 5 スマートフォン
（智慧型手機）

例：小林(こばやし)さん

2 絵本(えほん)（繪本）

例：山田(やまだ)さん

小叮嚀

「4 5 スマートフォン」可以簡稱為 「0 スマホ」。

會話例：

これは　誰(だれ)の
携帯(けいたい)ですか。
這是誰的手機呢？
私(わたし)のです。
我的。
何(なん)の　携帯(けいたい)ですか。
是什麼樣的手機？
スマートフォンです。
智慧型手機。

MP3-069

2 この、その、あの、どの

文型

この　本（ほん）は　絵本（えほん）です。　這本書是繪本。

その　和服（わふく）は　先生（せんせい）のです。　那件和服是老師的。

あの　靴（くつ）を　ください。　請給我那雙鞋子。

會話

陳（ちん）　：あのう、すみません。この　本（ほん）は　誰（だれ）のですか。

請問一下。這本書是誰的？

田中（たなか）：私（わたし）のです。　是我的。

陳（ちん）　：これは　絵本（えほん）ですか。　這是繪本嗎？

田中（たなか）：はい、そうです。絵本（えほん）です。　是，是的。是繪本。

王(おう)　：あの　和服(わふく)は　小林(こばやし)さんのですか。

那件和服是小林小姐的嗎？

小林(こばやし)：いいえ、私(わたし)のじゃ　ありません。先生(せんせい)のです。

不是，不是我的。是老師的。

客(きゃく)　：その　靴(くつ)を　ください。 請給我那雙鞋子。

店員(てんいん)：すみません。どの　靴(くつ)ですか。 請問，是哪一雙？

客(きゃく)　：その　靴(くつ)です。 那一雙。

店員(てんいん)：この　靴(くつ)ですね。はい、どうぞ。 是這一雙對吧。請。

說說看

看圖說說看，確認這些物品的日文名稱後，準備上百貨公司購物去囉！

0 かばん（包包）

0 財布（さいふ）（錢包）

0 帽子（ぼうし）（帽子）

0 ぬいぐるみ（絨毛玩偶）

0 Tシャツ（ティー）（T恤）

2 絵本（えほん）（繪本）

會話例：

この　Tシャツ（ティー）
ですか。
是這一件T恤嗎？

その　Tシャツ（ティー）を
ください。
請給我那一件T恤。

はい、
かしこまりました。
是的，我知道了。

いいえ、その
紫（むらさき）のです。
不是，是那件紫色的。

MP3-071

3 ここ、そこ、あそこ、どこ

ここは　教室（きょうしつ）です。 這裡是教室。

トイレは　そちらです。 廁所在那邊。

レストランは　三階（さんがい）です。 餐廳在三樓。

會話

陳（ちん）　：あのう、すみません。トイレは　どこですか。

請問一下。廁所在哪裡？

田中（たなか）：そこです。 在那裡。

客　　：すみません。カメラ売り場は　どちらですか。

請問一下，照相機的賣場在哪裡？

受付係：カメラ売り場ですね。あちらの　四階で　ございます。

照相機的賣場是嗎？在那邊的四樓。

客　：すみません。レストランは　何階ですか。

請問一下，餐廳在幾樓？

店員：地下一階で　ございます。 在地下一樓。

客　：どうも。 謝謝。

看圖說說看，這些地點在幾樓。

5階

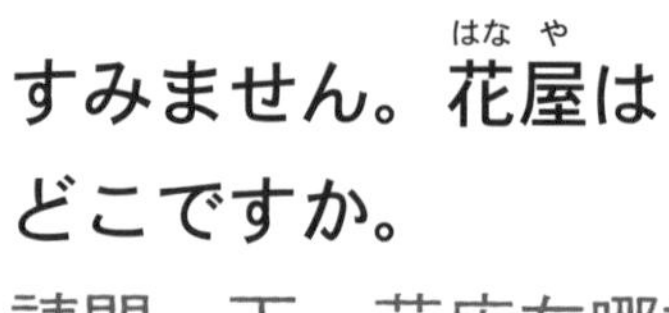

すみません。花屋（はなや）は
どこですか。
請問一下，花店在哪裡？

五階（ごかい）で
ございます。
在五樓。

何階(なんがい)ですか。

0 1階(いっかい)	0 2階(にかい)	0 3階(さんがい)	0 4階(よんかい)
6 化粧品売り場(けしょうひんうりば)	5 洋服売り場(ようふくうりば)	4 かばん売り場(うりば)	3 靴売り場(くつうりば)

0 5階(ごかい)	0 6階(ろっかい)	0 7階(ななかい)	0 8階(はっかい)
2 花屋(はなや)	0 3 喫茶店(きっさてん)	1 パン屋(や)	1 レストラン

0 9階(きゅうかい)	0 10階(じゅっかい)	2 地下(ちか) 0 1階(いっかい)	2 地下(ちか) 0 2階(にかい)
1 エステ	4 文化教室(ぶんかきょうしつ)	1 スーパー	0 駐車場(ちゅうしゃじょう)

文型解說

これ・この／それ・その／あれ・あの的用法

これ（這是）・この（這個）：物品位置距離說話者最近。

それ（那是）・その（那個）：物品位置距離說話者稍遠，距離聽話者較近。

あれ（那是）・あの（那個）：物品位置距離說話者和聽話者皆很遠。

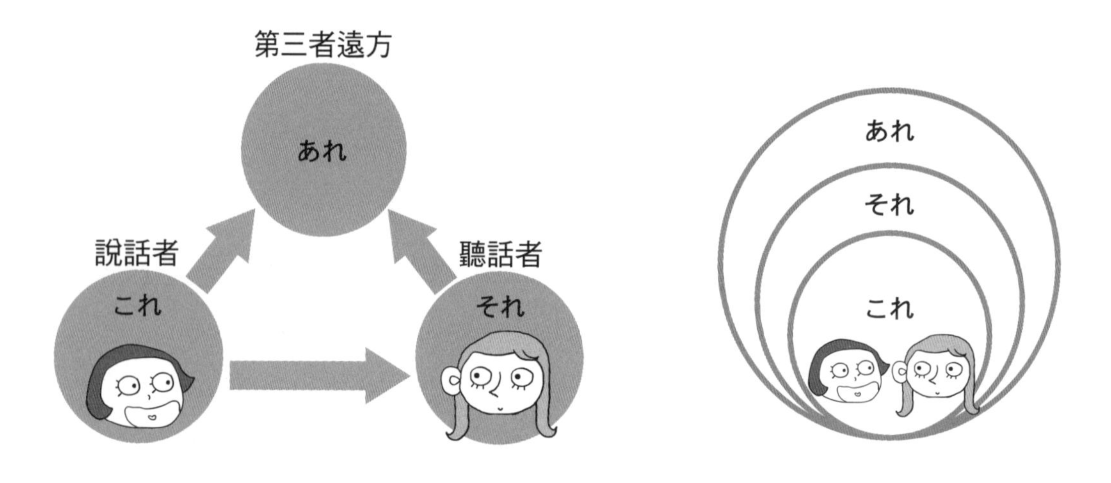

「これ・それ・あれ」是「指示代名詞」，直接加「は」即可。「この・その・あの」後面則必須加上名詞後才能和「は」連接，用來指定所接續的名詞。

これは　かばんです。 這是包包。

この　かばんは　私のです。 這個包包是我的。

「何」（什麼）

「何」是問物品內容的疑問詞，回答時只要答出物品名稱即可。

A：それは　何ですか。 那是什麼？

B：（これは）　漫画です。 （這是）漫畫。

「何の＋名詞」

用來詢問名詞的特徵、內容、性質。

A：あれは　何の　本ですか。 那是什麼樣的書？

B：日本語の　本です。 日文書。

「誰の＋名詞」

用來詢問物品的所有者是誰，後面名詞省略亦可。

A：これは　誰の　（財布）ですか。 這是誰的（錢包）？

B：先生の　（財布）です。 是老師的（錢包）。

「名詞をください」（請給我……）

「名詞をください」是請求別人給自己「を」前面的名詞，中文翻譯為「請給我……」，通常用於購物、點餐。

その　帽子(ぼうし)を　ください。 請給我那個帽子。

「ここ・こちら / そこ・そちら / あそこ・あちら / どこ・どちら」的用法

ここ・こちら：指說話者所在的地方，譯為「這裡」。

そこ・そちら：指距離聽話者較近的地方，譯為「那裡」。

あそこ・あちら：指距離說話者和聽話者都遠的地方，譯為「那裡」。

どこ・どちら：用來問地方的疑問詞，譯為「哪裡」。

「ここ・そこ・あそこ・どこ」和「こちら・そちら・あちら・どちら」的差別在於後者語氣比較客氣有禮貌。

ここ・こちら

そこ・そちら

あそこ・あちら

ここは　台北１０１です。 這裡是台北101大樓。

こちらは　SOGOデパートです。 這裡是SOGO百貨公司。

あのう、トイレは　どこですか。 請問，廁所在哪裡？

すみません。かばん売り場は　どちらですか。

請問一下，包包賣場在哪裡呢？

地點は　～階 / 階です。地點在～樓。

　　樓層唸法為「數字＋階 / 階」；「地下＋數字＋階 / 階」表示地下幾樓之意。

例：１階・2階・３階・４階・5階・６階・７階・８階・９階・10階（10階）。「何階」是用來問樓層的疑問詞。

11樓的唸法：「數字10＋１階」＝１１階

20樓的唸法：「數字2＋10階（10階）」＝20階（20階）

地下1樓的唸法：「地下＋１階」＝地下１階

做做看

根據下面的圖，想想看要怎麼問出自己想去的場所？要怎麼說才可以買到自己想要的東西呢？

※小叮嚀：地點可參考P.155的說法喔！

會話例：

1.【受付(うけつけ)で】（在櫃檯）

王(おう)　：すみません。本屋(ほんや)は　どこですか。

請問一下，書店在哪裡？

受付(うけつけ)：本屋(ほんや)ですか。三階(さんがい)で　ございます。　書店嗎？在三樓。

王(おう)　：三階(さんがい)ですね。どうも。　三樓對吧！謝謝！

2.【本屋(ほんや)で】（在書店）

王(おう)　：すみません。その　本(ほん)を　見(み)せて　ください。

不好意思，請給我看那本書。

店員(てんいん)：はい、どうぞ。　好的，請。

王(おう)　：これは　漫画(まんが)ですか、絵本(えほん)ですか。

這是漫畫嗎？還是繪本呢？

店員(てんいん)：漫画(まんが)では　ありません。絵本(えほん)です。　不是漫畫。是繪本。

王(おう)　：そうですか。どうも。　是喔！謝謝。

【挑戰日本通31-36】我問你答

Q 31. 日本街頭常看到貼紙俱樂部（プリント倶楽部）這種機器，是用來拍什麼的呢？

☐ 大頭貼（プリクラ）　☐ 證件照（証明写真）

Q 32. 三鷹之森吉卜力美術館（三鷹の森ジブリ美術館）的開館時間是幾點到幾點呢？

☐ 10時～18時　☐ 9時～17時

Q 33. 日本情侶喜歡一起過什麼節日，表示對對方的肯定及重視？

☐ 情人節（バレンタインデー）　☐ 聖誕節（クリスマス）

Q 34. 在日本什麼時候給家裡小孩過年的壓歲錢（お年玉）呢？

☐ 除夕夜（大晦日）　　☐ 大年初一（元旦）

Q 35. 日本寺廟在12月31日這一天晚上會有除夕夜鐘聲（除夜の鐘），總共會敲幾下呢？

☐ 108下　　☐ 100下

Q 36. 日本由北海道、本州、四國、九州四個大島及約七千個小島（島）所組成，那日本總共有幾個縣（県）呢？

☐ 47個　　☐ 43個

【挑戰日本通31-36】原來如此

Ⓐ 31. 「プリント倶楽部」這種機器是用來拍大頭貼的，至於拍證件照的機器，外面標示就會是「**証明写真**」的字樣。

Ⓐ 32. 三鷹之森吉卜力美術館的開館時間為10時～18時，入場場次一天只有四次，分別是10時、12時、14時及16時，館主為漫畫大師「**宮崎駿**」。

Ⓐ 33. 日本情侶喜歡一起過聖誕節，至於情人節則是日本女生對自己喜歡的男生告白的日子。至於回禮則是在3月14日白色情人節時，由男生回送禮物給女生。

Ⓐ 34. 日本和台灣不同，通常是在大年初一給家裡小孩過年的壓歲錢。

Ⓐ 35. 通常除夕夜鐘聲會敲108下，因為佛教解說人類有108種煩惱，所以藉由敲鐘儀式去除這些煩惱，迎接嶄新的一年。

Ⓐ 36. 日本總共有43個縣，加上「**東京都**（とうきょうと）」、「**北海道**（ほっかいどう）」、「**京都府**（きょうとふ）」、「**大阪府**（おおさかふ）」，合計共47個「**都道府県**（とどうふけん）」。

實力養成 果物（くだもの）（水果）

0 1 苺（いちご） 草莓	2 0 梨（なし） 水梨	0 西瓜（すいか） 西瓜
0 さくらんぼ 0 さくらんぼう 櫻桃	3 パイナップル 鳳梨	1 バナナ 香蕉
0 葡萄（ぶどう） 葡萄	1 蜜柑（みかん） 橘子	0 桃（もも） 桃
1 メロン 哈密瓜	0 りんご 蘋果	1 0 レモン 檸檬
1 キウイ 奇異果	1 ライチ 荔枝	1 ドリアン 榴槤

形容詞
（形容詞）

✽學習目標

1. い形容詞（い形容詞）
2. な形容詞（な形容詞）
3. 形容詞の否定形（形容詞的否定形）
4. 形容詞の順接／逆接（形容詞的順接與逆接）

【體驗日本文化 3】

「絵馬」（繪馬）和「七夕の短冊」（七夕的詩籤）要怎麼寫？

MP3-074

1 い形容詞(けいようし)(い形容詞)

台湾料理(たいわんりょうり)は　おいしいです。 台灣料理很好吃。

まるこちゃんは　かわいい　子(こ)です。 小丸子是個可愛的小孩。

會話

加藤(かとう)：日本語(にほんご)の　勉強(べんきょう)は　どうですか。 你覺得日文的學習如何？

林(りん)　：（日本語(にほんご)の　勉強(べんきょう)は）　面白(おもしろ)いです。 日文的學習很有趣。

田中(たなか)：今日(きょう)の　天気(てんき)は　どうですか。 今天的天氣如何？

陳(ちん)　：今日(きょう)は　いい　天気(てんき)です。 今天是好天氣。

2 **晴(は)れ**（晴天）　3 **曇(くも)り**（陰天）　1 **雨(あめ)**（雨天）　2 **雪(ゆき)**（下雪）

說說看

利用下列的い形容詞來形容或稱讚你的朋友吧！

常用的い形容詞

4 面白(おもしろ)い（有趣的）	0 3 冷(つめ)たい（冰的／冷漠的）	1 いい／1 よい（好的）	0 3 優(やさ)しい（溫柔的）
0 3 明(あか)るい（亮的／開朗的）	0 暗(くら)い（暗的／憂鬱的）	3 楽(たの)しい（愉快的）	3 嬉(うれ)しい（高興的）
0 甘(あま)い（甜的／天真的）	3 厳(きび)しい（嚴厲的）		

陳(ちん)さん、優(やさ)しいですね。
陳小姐真溫柔啊。

ありがとう。
謝謝！

※如果還找不到適當的形容詞，請看附錄4。

MP3-076

2 な形容詞（けいようし）（な形容詞）

東京（とうきょう）は　にぎやかです。 東京很熱鬧。

台北（タイペイ）は　便利（べんり）な　所（ところ）です。 台北是個方便的地方。

會話

鈴木（すずき）：台北（タイペイ）の　MRT（エムアールティー）は　どうですか。 台北的捷運如何？

林（りん）　：便利（べんり）です。 方便。

陳（ちん）　：京都（きょうと）は　どんな　町（まち）ですか。 京都是個怎麼樣的都市？

高橋（たかはし）：静（しず）かな　町（まち）です。 安靜的都市。

說說看

依下列例句問問你的朋友吧！

1. 說說看你住的地方

Q：台北（タイペイ）は　どうですか。 你覺得台北如何？

A：（台北（タイペイ）は）　便利（べんり）です。 台北很方便。

2. 說說看你的感覺

Q：先生（せんせい）は　どんな　人（ひと）ですか。 老師是怎麼樣的人？

A：親切（しんせつ）な　人（ひと）です。 親切的人。

常用的「な形容詞」

1 綺麗（きれい） （漂亮 / 乾淨）	1 ハンサム （英俊）	1 静か（しずか） （安靜）	2 にぎやか （熱鬧）
1 便利（べんり） （便利）	1 不便（ふべん） （不方便）	1 親切（しんせつ） （親切）	1 元気（げんき） （健康）
0 有名（ゆうめい） （有名）	0 安全（あんぜん） （安全）	0 真面目（まじめ） （認真）	0 素敵（すてき） （很棒 / 漂亮）

※如果還找不到適當的形容詞，請看附錄4。

形容詞の否定形（形容詞的否定形）

今日は　暑くないです。 今天不熱。

あの　店は　有名じゃ（では）　ありません。 那家店不有名。

會話

佐藤：今日は　忙しいですか。 今天忙嗎？

林　：いいえ、忙しくないです。 不，不忙。

陳：今週の　土曜日は　暇ですか。 這星期六有空嗎？

林：いいえ、暇じゃ（では）　ありません。 不，沒空。

い形容詞的否定形改法：「暑いです」→「暑くないです」。

「いいです」的否定形只能是「よくないです」。

な形容詞的為否定形改法：

「便利です」→「便利じゃ（では）　ありません」

な形容詞的肯定改為否定時，與名詞規則相同。「じゃ」較為口語，「では」較為正式。

說說看

將下列的形容詞改為否定。

A：その　ケーキは　甘（あま）いですか。 那個蛋糕甜嗎？

B：いいえ、甘（あま）くないです。 不，不甜。

(1) おいしいです。 好吃的。

(2) 高（たか）いです。 貴的。

(3) 安（やす）いです。 便宜的。

A：仕事（しごと）は　大変（たいへん）ですか。 工作辛苦嗎？

B：いいえ、大変（たいへん）じゃ（では）　ありません。 不，不辛苦。

(1) 嫌（きら）いです。 討厭。

(2) 好（す）きです。 喜歡。

(3) 楽（らく）です。 輕鬆。

MP3-080

4 形容詞の順接／逆接（形容詞的順接與逆接）

文型

台北の　MRTは　便利です。そして、速いです。

台北的捷運方便。而且，快速。

私の　部屋は　狹いですが、綺麗です。

我的房間雖然狹窄，但很乾淨。

會話

小林：日本語の　勉強は　どうですか。 日文的學習如何？

林　：（日本語の　勉強は）　難しいですが、面白いです。

（日文的學習）雖然難，但有趣。

鈴木：日本語の　先生は　どんな　先生ですか。

日文老師是怎麼樣的老師？

陳　：厳しいですが、いい　人です。 雖然嚴格，但人很好。

說說看

依下例說說看。

A：士林夜市（しりんよいち）は　どうですか。（有名（ゆうめい）／安（やす）い）

你覺得士林夜市如何？

B：士林夜市（しりんよいち）は　有名（ゆうめい）です。そして、安（やす）いです。

士林夜市有名。而且，便宜。

(1) 富士山（ふじさん）（富士山）／高（たか）い（高的）／綺麗（きれい）（漂亮）

(2) MRT（エムアールティー）（捷運）／便利（べんり）（方便）／速（はや）い（快的）

A：日本（にほん）の　果物（くだもの）は　どうですか。（おいしい／高（たか）い）

你覺得日本的水果如何？

B：日本（にほん）の　果物（くだもの）は　おいしいですが、高（たか）いです。

日本的水果雖然好吃，但貴。

(1) 今（いま）の　仕事（しごと）（現在的工作）

忙（いそが）しい（忙碌的）

楽（たの）しい（愉快的）

(2) あの　喫茶店（きっさてん）（那家咖啡廳）

狭（せま）い（狹窄的）

静（しず）か（安靜）

文型解說

日語形容詞簡介

日語的形容詞，可分為兩大類。第一類稱為「い形容詞」，字尾皆為「い」，又稱之為「形容詞」。例如：「面白い（おもしろい）」（有趣的）、「おいしい」（好吃的）等。連接名詞時直接接續名詞即可。例：「おいしいパン」（好吃的麵包）。

第二類稱之為「な形容詞」，又稱之為「形容動詞」。例如：「有名（ゆうめい）」（有名）、「親切（しんせつ）」（親切）等。連接名詞時要用「な」來連接該名詞。例：「親切（しんせつ）な先生（せんせい）」（親切的老師）。

「～（名詞）～は　どうですか。」

此問句是用來詢問對方，對於見過或經歷過的人、事、物、地有何印象、想法或意見，譯為「～怎麼樣；～如何」。

A：日本（にほん）の　天気（てんき）は　どうですか。 日本的天氣如何？

B：いい　天気（てんき）ですが、ちょっと　寒（さむ）いです。

好天氣，但有點冷。

「～（名詞1）～は　どんな　（名詞2）ですか。」

此問句用來詢問或要求對方針對「名詞1」做描述或說明，譯為「（名詞1）是怎麼樣的（名詞2）？」「どんな」通常連接名詞一起使用。

A：東京(とうきょう)は　どんな　町(まち)ですか。 東京是個怎麼樣的城市？

B：にぎやかな　町(まち)です。 熱鬧的城市。

「～です。そして、～です。」和「～ですが、～です。」

同時使用兩個性質相同的形容詞來描述同一人、事、物時，我們會用「～です。そして、～です。」這個句型，譯為「～。而且，～。」但是若前後的形容詞性質相反時，則需要用逆接的「が」來做連接，譯為「（雖然）～，但是～。」

近藤先生(こんどうせんせい)は　綺麗(きれい)です。そして、親切(しんせつ)です。

近藤老師漂亮。而且，親切。

日本語(にほんご)の　勉強(べんきょう)は　難(むずか)しいですが、面白(おもしろ)いです。

日文的學習雖然難。但，有趣。

形容詞的否定表現

「い形容詞的否定表現」是要將字尾的「い」變成「く」後再加「ないです」，較正式的說法則為「ありません」。

高(たか)~~い~~ ＋ く ないです ＝ 高(たか)く ないです

高(たか)~~い~~ ＋ く ありません ＝ 高(たか)く ありません

いい（よい）＋ くないです ＝ よく ないです

いい（よい）＋ くありません ＝ よく ありません

「な形容詞的否定表現」則和「名詞」一樣，只要把「です」的部分改成「じゃありません」，較正式的說法則為「ではありません」即可。

静(しず)か~~です~~ ＋ じゃありません ＝ 静(しず)か じゃありません

静(しず)か~~です~~ ＋ ではありません ＝ 静(しず)か ではありません

做做看

請兩人一組，練習翻譯下列句子並回答。

(1) 今日(きょう)は　暑(あつ)いですか。

(2) 日本語(にほんご)は　易(やさ)しいですか。

(3) 日本料理(にほんりょうり)は　どうですか。

(4) 日本語(にほんご)の　先生(せんせい)は　どんな　人(ひと)ですか。

(5) この　教室(きょうしつ)は　～です。そして、～です。

(6) 今(いま)の　仕事(しごと)は　～です。そして、～です。

(7) 高雄(たかお)は　～ですが、～です。

(8) 韓国料理(かんこくりょうり)は　～ですが、～です。

※5.6.空格答案為兩個性質相同的形容詞。

※7.8.空格答案為兩個性質相反的形容詞。

* 解答請見P.268

【體驗日本文化3】

「絵馬」（繪馬）和「七夕の短冊」（七夕的詩籤）要怎麼寫？

寫寫看 除了常用語外，也常用「～ますように」、「～ませんように」、「～たい」這三個句型。

1. **大学に合格できますように。** 希望能考取大學。
2. **〇〇（名前）と両思いになれますように。**
   希望能與〇〇（姓名）兩情相悅。
3. **今年こそ良縁がありますように。** 希望今年一定要有良緣。
4. **今の恋人と、これからも一緒にいられますように。**
   希望與現在的戀人，今後也能在一起。
5. **いつも優しい人でありたい。** 希望自己是永遠溫柔的人。
6. **金持になりたい。** 希望成為富翁。
7. **彼氏（彼女）ができますように。**
   希望能交到男朋友（女朋友）。
8. **家族全員が健康で暮らせますように。**
   希望全家人都能健康生活。

9. ○○（名前）が就職できますように。

希望○○（姓名）能找到工作。

10. 息子（娘）が早く定職につけますように。

希望兒子（女兒）能快點找到工作。

11. いま付き合ってる人と結婚できますように。

希望能和現在交往中的人結婚。

12. いつも笑って過ごせますように。 希望能永遠歡樂度日。

13. いつも健康でいますように。 希望能永遠健康。

14. 皆さんが、これからも幸せでありますように。

希望各位從今以後也能幸福。

15. 自分の好きな人がみんなずっと笑顔でありますように。

希望自己喜歡的人大家都能一直笑口常開。

「絵馬」（繪馬）要怎麼寫？

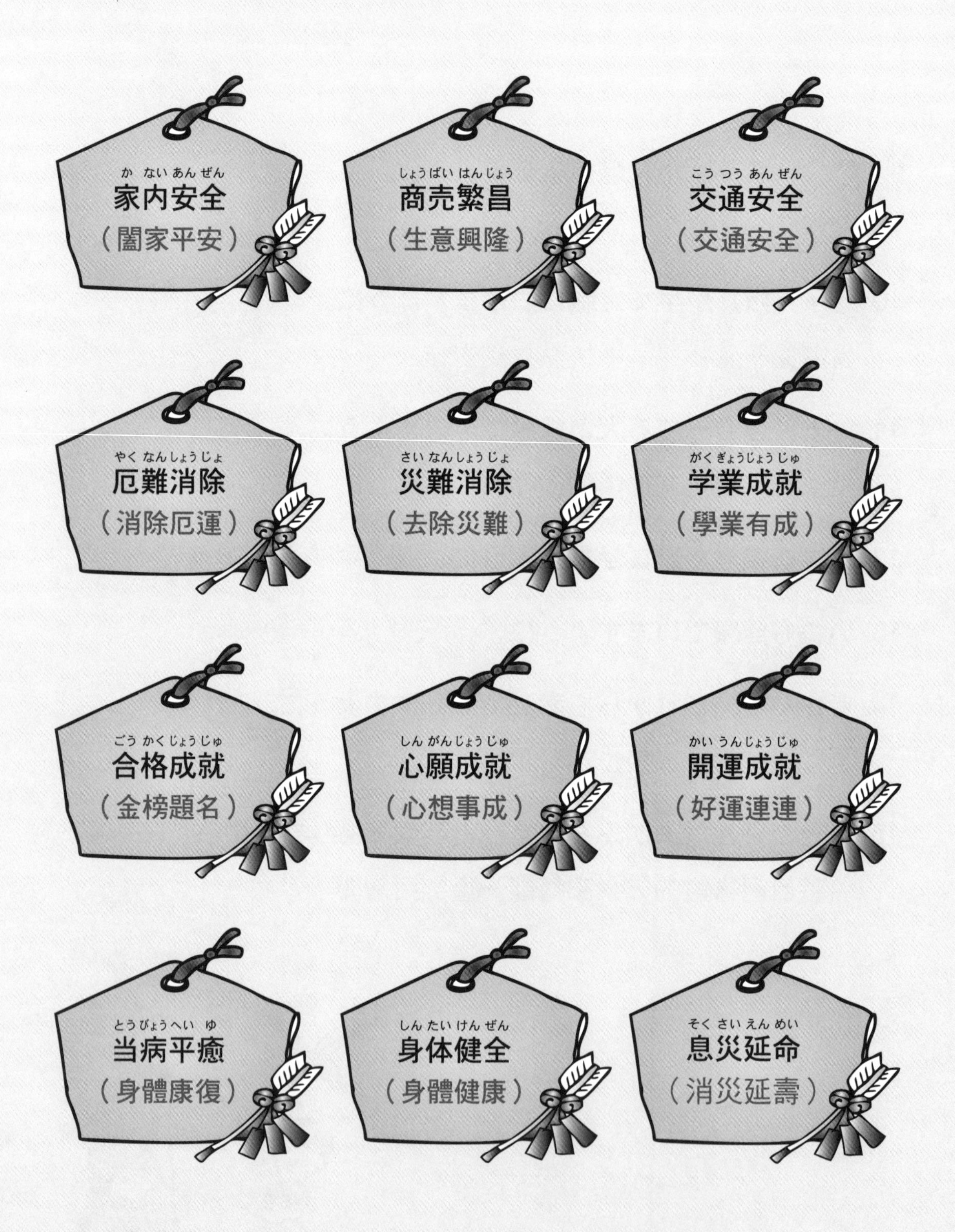
かないあんぜん
家内安全
（闔家平安）
しょうばいはんじょう
商売繁昌
（生意興隆）
こうつうあんぜん
交通安全
（交通安全）
やくなんしょうじょ
厄難消除
（消除厄運）
さいなんしょうじょ
災難消除
（去除災難）
がくぎょうじょうじゅ
学業成就
（學業有成）
ごうかくじょうじゅ
合格成就
（金榜題名）
しんがんじょうじゅ
心願成就
（心想事成）
かいうんじょうじゅ
開運成就
（好運連連）
とうびょうへいゆ
当病平癒
（身體康復）
しんたいけんぜん
身体健全
（身體健康）
そくさいえんめい
息災延命
（消災延壽）

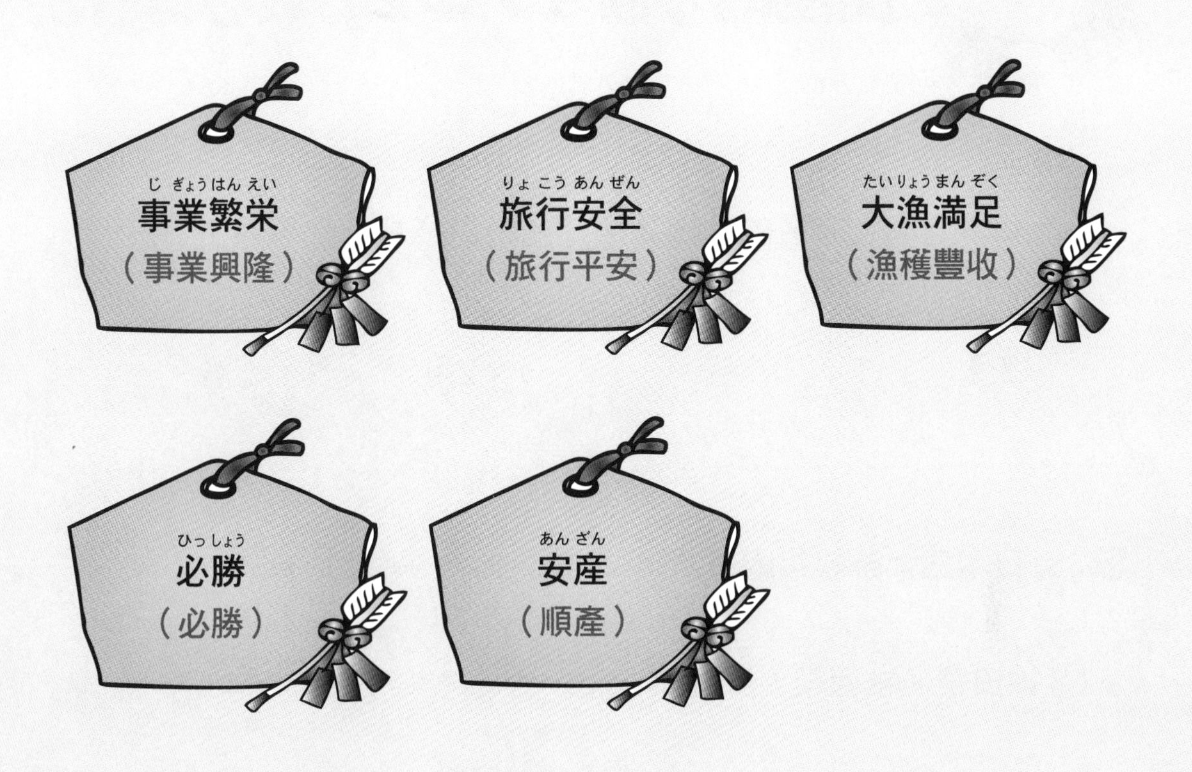

じぎょうはんえい
事業繁栄
（事業興隆）
りょこうあんぜん
旅行安全
（旅行平安）
たいりょうまんぞく
大漁満足
（漁穫豐收）
ひっしょう
必勝
（必勝）
あんざん
安産
（順產）

【挑戰日本通37-42】我問你答

Q 37. 日本北海道有名的札幌雪祭（札幌雪祭り）在幾月？

- ☐ 12月
- ☐ 2月

Q 38. 日本三大祭典指的是？

- ☐ 神田祭、祇園祭、天神祭
- ☐ ねぶた祭（花車祭）、竿灯祭、七夕祭

Q 39. 穿著和服的女性裡，未婚的女性穿的和服袖子是？

- ☐ 短的（留袖）
- ☐ 長的（振袖）

Q 40. 日本的母親節（母の日）及父親節（父の日）和台灣一樣嗎？

☐ 一樣　　☐ 不一樣

Q 41. 代表日本皇室象徵的花是什麼？

☐ 櫻花（桜）　　☐ 菊花（菊）

Q 42. 日本人參加喪禮時，包給喪家的白包是什麼？

☐ 祝儀袋　　☐ 香典袋

【挑戰日本通37-42】原來如此

Ⓐ 37. 札幌雪祭在2月，通常會期為五天至七天，會場會有上百座大小不同的冰雕作品展出，有機會的話務必體驗一下。

Ⓐ 38. 日本三大祭典指的是「**神田祭**」（東京）、「**祇園祭**」（京都）、「**天神祭**」（大阪）。「**ねぶた祭**」（青森）、「**竿灯祭**」（秋田）、「**七夕祭**」（宮城）則是東北市三大祭典。

Ⓐ 39. 未婚的女性穿著的和服袖子是長的，相反的若是已婚的女性穿著的和服袖子則是短的。

Ⓐ 40. 日本的母親節和台灣一樣，在5月的第二個星期日；日本的父親節和台灣不一樣，不是8月8日而是在6月的第三個星期日。

Ⓐ 41. 代表日本皇室象徵的花是菊花，至於櫻花，大多數的人都認為是日本的國花，但是在法律上並沒有特別制定所謂的國花。

Ⓐ 42. 日本人參加喪禮時，包給喪家的白包是「**香典袋**（こうでんぶくろ）」，至於「**祝儀袋**（しゅうぎぶくろ）」則是參加婚禮時的紅包。另外錢取出後的紅包袋及白包袋，因為上面都有送禮人的姓名，最好是用碎紙機（シュレッダー）碎掉。

實力養成 動物（動物）

1 パンダ 熊貓	0 兎（うさぎ） 兔子	2 1 熊（くま） 熊
1 猿（さる） 猴子	0 豚（ぶた） 豬	0 虎（とら） 老虎
1 象（ぞう） 大象	0 麒麟（きりん） 長頸鹿	0 狐（きつね） 狐狸
1 コアラ 無尾熊	0 駱駝（らくだ） 駱駝	0 縞馬（しまうま） 斑馬
3 カンガルー 袋鼠	1 河馬（かば） 河馬	0 ライオン 獅子

希望(きぼう) / 好(す)き嫌(きら)い

可能表現(かのうひょうげん) / 所有(しょゆう)

（願望 / 喜好 / 能力 / 擁有）

✲ 學習目標

1. 希望(きぼう)（願望）
2. 好(す)き・嫌(きら)い（喜好） / 能力(のうりょく)（能力）
3. わかります（懂 / 知道） / できます（會）
4. います / あります（擁有）

MP3-083

1 希望（きぼう）（願望）

私（わたし）は　オートバイが　ほしいです。 我想要摩托車。

私（わたし）は　狭（せま）い　部屋（へや）が　ほしくないです。 我不想要狹窄的房間。

會話

田中（たなか）：陳（ちん）さんは　今（いま）　何（なに）が　一番（いちばん）　ほしいですか。

陳先生（小姐）現在最想要什麼？

陳（ちん）　：そうですね。車（くるま）が　ほしいです。 這個嘛……。我想要車子。

張（ちょう）　：鈴木（すずき）さんは　今（いま）　何（なに）が　ほしいですか。

鈴木先生（小姐）現在想要什麼？

鈴木（すずき）：今（いま）　何（なに）も　ほしくないです。 現在什麼也不想要。

第一人稱「私（わたし）はNがほしいです。」＝（我想要～。）第二人稱「あなたはNがほしいですか。」＝（你想要什麼？）「ほしい」是い形容詞，其肯定為「ほしいです。」，否定為「ほしくないです。」。

說說看

問一下同學，現在最想要的東西。

今（いま）　何（なに）が　一番（いちばん）
ほしいですか。
現在最想要什麼？

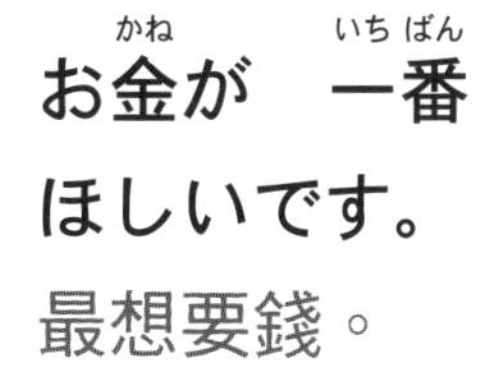

お金（かね）が　一番（いちばん）
ほしいです。
最想要錢。

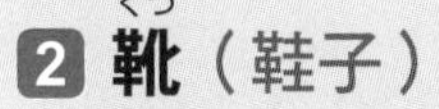

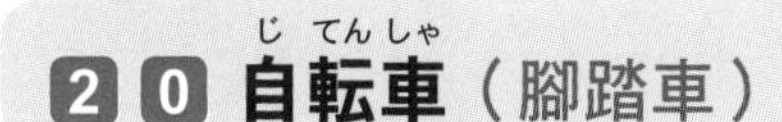

2 靴（くつ）（鞋子）	2 0 自転車（じてんしゃ）（腳踏車）
0 友達（ともだち）（朋友）	0 子供（こども）（小孩）
3 休み（やす）（休假）	3 別荘（べっそう）（別墅）
1 彼（かれ）（男朋友）	1 彼女（かのじょ）（女朋友）
0 スマホ（智慧型手機）	1 料理（りょうり）の　1 本（ほん）（烹飪書）

好き嫌い（喜好）/ 能力（能力）

私は　運動が　好き / 嫌いです。 我喜歡 / 討厭運動。

張さんは　料理が　上手 / 下手です。

張先生（小姐）很擅長 / 不擅長做菜。

私は　カラオケが　得意 / 苦手です。

我很會 / 很不會唱卡拉OK。

加藤：王さんは　映画が　好きですか。

王先生（小姐）喜歡看電影嗎？

王　：はい、好きです。 是的，喜歡。

加藤：どんな　映画が　好きですか。 喜歡什麼樣的電影？

王　：アニメが　好きです。 喜歡卡通。

高橋（たかはし）：お兄（にい）さんは　歌（うた）が　上手（じょうず）ですか。 你哥哥很會唱歌嗎？

林（りん）　：いいえ、下手（へた）です。 不，唱得不好。

倉井（くらい）：周（しゅう）さんは　歌（うた）が　得意（とくい）ですか。

周先生（小姐）很會唱歌嗎？

周（しゅう）　：いいえ、苦手（にがて）です。 不，不會唱。

依下例問同學的喜好與擅長的事情。（參考P.210實力養成）

0 旅行（りょこう）（旅行）	0 買物（かいもの）（購物）
0 カラオケ（卡拉OK）	1 家事（かじ）（家事）
0 残業（ざんぎょう）（加班）	0 勉強（べんきょう）（唸書）

0 水泳（游泳）

0 野球（棒球）

1 ゴルフ（高爾夫）

わかります（懂／知道）／できます（會）

李さんは　日本語が　わかります。 李先生（小姐）懂日文。

木村さんは　料理が　できます。 木村先生（小姐）會做菜。

會話

田中：林さんは　フランス語が　わかりますか。

林先生（小姐）懂法文嗎？

林　：いいえ、わかりません。 不，我不懂。

鈴木：張さんは　運転が　できますか。

張先生（小姐）會開車嗎？

張　：はい、できます。 是的，我會開車。

學學不同程度的表達。

日本語が　すこし　わかります。 懂一點日文。

日本語が　大体　わかります。 大致懂日文。

日本語が　よく　わかります。 很懂日文。

說說看

問同學知道 / 會不會下列事物。

いいえ、
わかりません。
不，不懂（英文）。

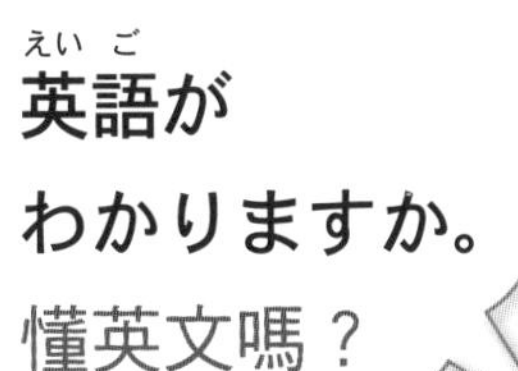

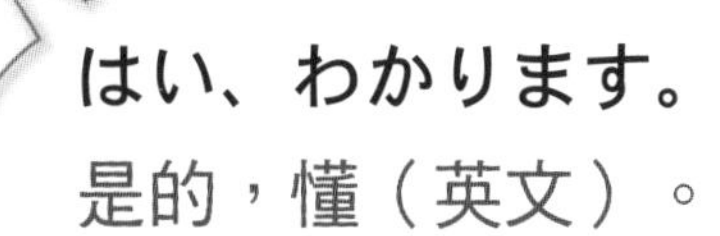

0 スペイン語（ご）（西班牙文）	0 韓国語（かんこくご）（韓文）	0 フランス語（ご）（法文）
0 漢字（かんじ）（漢字）	3 平仮名（ひらがな）（平假名）	3 片仮名（かたかな）（片假名）

ゴルフが
できますか。
會打高爾夫嗎？

いいえ、
できません。
不，不會打（高爾夫）。

はい、できます。
是的，會。

0 野球（やきゅう）（棒球）	1 料理（りょうり）（做菜）	1 書道（じょどう）（書法）
1 絵（え）（畫圖）	1 ピンポン（乒乓球）	0 水泳（すいえい）（游泳）

學學不同程度的表達。

日本語（にほんご）の　歌（うた）が　すこし　できます。會一點日文歌。

日本語（にほんご）の　歌（うた）が　あまり　できません。不太會日文歌。

日本語（にほんご）の　歌（うた）が　全然（ぜんぜん）　できません。完全不會日文歌。

4 います / あります（擁有）

文型

私は　子供が　一人　います。 我有一個小孩。

妹は　パソコンが　二台　あります。 妹妹有兩台電腦。

兄は　時計が　三つ　あります。 哥哥有三支手錶。

會話

工藤：丁さん、家族は　何人ですか。

丁先生（小姐），你家有幾個人？

丁　：両親と　姉が　二人　います。 父母與兩個姊姊。

倉谷：方さん、車が　ありますか。 方先生（小姐），有車嗎？

方　：はい、（車が）　一台　あります。 是的，有一台。

高島：宋さん、かばんが　いくつ　ありますか。

宋先生（小姐），有幾個包包呢？

宋　：（かばんが）　四つ　あります。 有四個（包包）。

認識日語的助數詞並依下例問同學。

例1：子供（こども）が　何人（なんにん）　いますか。

家族（かぞく）（家人）　**友達**（ともだち）（朋友）　**同僚**（どうりょう）（同事）

2 ひとり
一人

3 ふたり
二人

3 さんにん
三人

2 よにん
四人

2 ごにん
五人

2 ろくにん
六人

2 ななにん
2 しちにん
七人

2 はちにん
八人

1 きゅうにん
九人

1 じゅうにん
十人

1 なんにん
何人（幾個人）

小叮嚀

都沒有的狀況。

一人（ひとり）も　いません。連一個人也沒有。

一台（いちだい）も　ありません。連一台也沒有。

一つ（ひと）も　ありません。連一個也沒有。

例2：車（くるま）が　何台（なんだい）　ありますか。

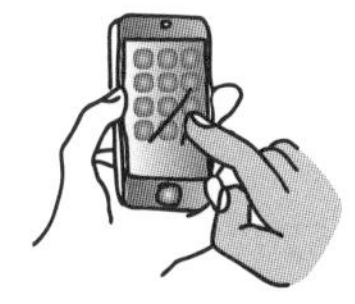

1 テレビ（電視）　0 スマホ（智慧型手機）　1 カメラ（相機）

2 一台（いちだい）	1 二台（にだい）	1 三台（さんだい）	1 四台（よんだい）	3 五台（ごだい）
2 六台（ろくだい）	2 七台（ななだい）	2 八台（はちだい）	1 九台（きゅうだい）	1 十台（じゅうだい）

例3：時計（とけい）が　いくつ　ありますか。

0 消しゴム（けしごむ）（橡皮擦）　0 指輪（ゆびわ）（戒子）　0 財布（さいふ）（錢包）

2 一つ（ひとつ）	3 二つ（ふたつ）	3 三つ（みっつ）	3 四つ（よっつ）	2 五つ（いつつ）
3 六つ（むっつ）	2 七つ（ななつ）	3 八つ（やっつ）	2 九つ（ここのつ）	1 十（とお）

MP3-091

5 文型解說

名詞が（好（す）きです／嫌（きら）いです／上手（じょうず）です／下手（へた）です）

日語中會使用助詞「が」來作為提示個人的喜好、厭惡、能力、所有物等對象內容。而「**好（す）き**」（喜歡）、「**嫌（きら）い**」（討厭）、「**上手（じょうず）**」（擅長）、「**下手（へた）**」（不擅長）、「**得意（とくい）**」（拿手）、「**苦手（にがて）**」（不拿手）等「な形容詞」的程度表達，肯定時常使用「とても（とっても）」（非常）這個副詞；否定時則常用「あまり（あんまり）」（不太）和「**全然（ぜんぜん）**」（完全不）這兩個副詞。

要注意的是，「**上手（じょうず）**」是用來形容別人，「**下手（へた）**」是用來講自己或自家人。「**嫌（きら）い**」雖然是「い」結尾，但並非「い形容詞」，而是「な形容詞」喔。

私（わたし）は　ラーメンが　とても　好（す）きです。 我非常喜歡拉麵。

私（わたし）は　運動（うんどう）が　あまり　好（す）きじゃ　ありません。

我不太喜歡運動。

私は　歌が　嫌いです。 我討厭唱歌。

私は　猫が　嫌いじゃ　ありません。 我不討厭貓。

王さんは　絵が　とても　上手です。 王先生（小姐）很會畫圖。

妹は　テニスが　下手です。 妹妹網球打得很不好。

名詞が　わかります

「わかります」是動詞，譯為「了解、知道某事」。動詞肯定形為「～ます」，動詞否定形為「～ません」，同樣用助詞「が」來提示了解知道的內容。而程度表達，肯定時常使用「よく」（很）、「大体」（大致）和「すこし」（稍微、一點）這三個副詞；否定時則常用「あまり（あんまり）」和「全然」這兩個副詞。

私は　日本語が　すこし　わかります。 我懂一點日文。

私は　漢字が　大体　わかります。 我大致懂漢字。

張さんは　ドイツ語が　全然　わかりません。

張先生（小姐）完全不懂德文。

名詞が　あります

「あります」也是動詞，用來表達個人擁有的事物，同樣用助詞「が」來提示擁有的對象。而程度的表達，肯定時常用「たくさん」（很多）和「すこし」這兩個副詞；否定時用「あまり（あんまり）」、「全然」這兩個副詞。

私は　ボールペンが　たくさん　あります。 我有很多原子筆。

私は　時間が　あまり　ありません。 我不太有時間。

做做看

遊戲方式：擲骰子決定前進的格子數，擲骰子的人要回答問題，先抵達終點的人為優勝。

- スタート 開始
- カラオケが好(す)きですか。 喜歡卡拉OK嗎？
- 勉強(べんきょう)が嫌(きら)いですか。 討厭唸書嗎？
- 歌(うた)が上手(じょうず)ですか。 擅長唱歌嗎？
- 日曜日(にちようび)、約束(やくそく)がありますか。 星期日有約嗎？
- 料理(りょうり)が上手(じょうず)ですか。 擅長做菜嗎？
- 旅行(りょこう)が好(す)きですか。 喜歡旅行嗎？
- 漢字(かんじ)がわかりますか。 會漢字嗎？
- 明日(あした)、用事(ようじ)がありますか。 明天有事嗎？
- 韓国語(かんこくご)がわかりますか。 會韓文嗎？
- テレビが嫌(きら)いですか。 討厭看電視嗎？
- 英語(えいご)が上手(じょうず)ですか。 擅長英文嗎？
- 日本(にほん)の歌(うた)が好(す)きですか。 喜歡日本的歌嗎？
- ペットがいますか。 有寵物嗎？
- スマホがありますか。 有智慧型手機嗎？
- ゴール 終點

Q 43. 日本的國技（国技）是相撲（相撲）嗎？

☐ 是　　☐ 不是

Q 44. 日本人鞠躬致意（お辞儀）有三種角度，碰到客人或上司時要用哪一個呢？

☐ 30度的鞠躬禮（会釈）　　☐ 45度的鞠躬禮（敬礼）

Q 45. 兩人同時交換（同時交換）名片時，要用哪一手接收對方的名片（名刺）呢？

☐ 右手　　☐ 左手

Q 46. 日本人吃傳統和食（和食）時，餐具器皿（器）要不要端起來？

▢ 要　　▢ 不要

Q 47. 日本人最常叫的外送（出前）是什麼？

▢ 拉麵（ラーメン）　　▢ 炒飯（チャーハン）

Q 48. 日本的計程車和其它國家的計程車最大的不同在哪裡？

▢ 門是自動的，可以自己打開（自動で開きます）

▢ 門不是自動的，要客人開門（自分で開けます）

【挑戰日本通43-48】原來如此

Ⓐ43. 基本上法律並未特別制定所謂的國技，只不過相撲界的人士都認定相撲就是日本的國技。也有一說是：日本國技即是「武道」，而所謂的「武道」包括「相撲」、「柔道」、「劍道」、和「射箭（弓道）」。

Ⓐ44. 碰到客人或上司時通常用30度的鞠躬，15度的點頭示意（会釈）是用在上下班時的招呼，或是碰到認識的人時使用，至於45度的鞠躬則是用在道謝或陪罪時使用。

Ⓐ45. 兩人同時交換名片時，通常是用左手接收對方的名片，用右手拿自己的名片遞給對方。

Ⓐ46. 日本人吃傳統和食時，餐具器皿要端起來才是正確且吻合禮儀的，但是這和韓國人用餐的習慣剛好相反，韓國人是不可以端起餐具器皿。

Ⓐ 47. 日本人最常叫的外送是拉麵（ラーメン），其中的三大代表拉麵口味是「**味噌ラーメン**」、「**醤油ラーメン**」及「**豚骨ラーメン**」（豬骨拉麵）。

Ⓐ 48. 最大的不同在於門是自動的，可以自己打開，所以有沒有發現，日本人到其它國家時，下計程車後都是直接離開不會順手關門，因此其它國家的人有時會覺得日本人很奇怪。

* 日本的「タクシーのりば」（計程車招呼站）

實力養成 スポーツ（運動）

6 バスケットボール 簡稱 1 バスケ 籃球	4 バレーボール 排球	1 サッカー 足球
0 野球（やきゅう） 棒球	0 水泳（すいえい） 游泳	1 剣道（けんどう） 劍道
5 アイススケート 滑冰	2 スキー 滑雪	4 アイスホッケー 冰上曲棍球
1 ゴルフ 高爾夫	1 サーフィン 衝浪	

往来動詞（來去動詞）

おうらいどうし

✽學習目標

1. 場所名詞へ行きます。（去～地方 / 場所）
2. 誰と行きますか。（和誰去～）
3. 何で行きますか。（搭什麼交通工具去？）
4. いつ行きますか。（何時去？）
5. ～へ行きたいです。（想去～。）

【體驗日本文化 4】商務禮儀（ビジネスマナー）OX題

場所名詞(ばしょめいし)へ行(い)きます。（去～地方／場所）

文型

林(りん)さんは　東京(とうきょう)へ　行(い)きます。 林先生（小姐）去東京。

私(わたし)は　明日(あした)　また　ここへ　来(き)ます。 我明天還會來這裡。

會話

陳(ちん)　：明日(あした)　どこへ　行(い)きますか。 明天要去哪裡？

小林(こばやし)：京都(きょうと)へ　行(い)きます。 去京都。

鈴木(すずき)：これから　どこへ　行(い)きますか。 之後要去哪裡？

李(リー)　：家(うち)へ　帰(かえ)ります。 回家。

本課動詞的變化

中文	現在肯定	現在否定	過去肯定	過去否定
去	行(い)きます	行(い)きません	行(い)きました	行(い)きませんでした
回家	帰(かえ)ります	帰(かえ)りません	帰(かえ)りました	帰(かえ)りませんでした
來	来(き)ます	来(き)ません	来(き)ました	来(き)ませんでした

說說看

問同學要去哪裡？

Q：どこへ　行(い)きますか。 要去哪裡？

A：学校(がっこう)へ　行(い)きます。 去學校。

0 銀行(ぎんこう)（銀行）

2 美容院(びよういん)（美容院）

0 コンビニ（便利商店）

1 スーパー（超市）

2 デパート（百貨公司）

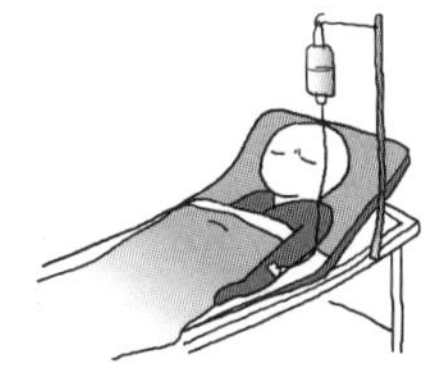

1 駅(えき)（車站）

0 病院(びょういん)（醫院）

3 郵便局(ゆうびんきょく)（郵局）

0 居酒屋(いざかや)（居酒屋）

1 パン屋(や)（麵包店）

Q：どこへ　帰(かえ)りますか。 要回哪裡？

A：国(くに)へ　帰(かえ)ります。 回國。

0 実家(じっか)（娘家 / 老家）

1 寮(りょう)（宿舍）

0 田舎(いなか)（鄉下）

2 故郷(ふるさと)（故鄉）

小叮嚀

(1)「へ」表示方向助詞，要唸成「え」（e）喔！

(2) 可以參考附錄3的國名。

誰（だれ）と行（い）きますか。（和誰去～）

黄（こう）さんは　謝（しゃ）さんと　台南（たいなん）へ　行（い）きます。

黃先生（小姐）和謝先生（小姐）去台南。

呉（ご）さんは　一人（ひとり）で　東京（とうきょう）へ　行（い）きます。

吳先生（小姐）一個人去東京。

會話

小林（こばやし）：あさって　誰（だれ）と　東京（とうきょう）へ　行（い）きますか。

後天要和誰去東京呢？

陳（ちん）　：家族（かぞく）と　行（い）きます。 和家人去。

王（おう）　：来週（らいしゅう）の　水曜日（すいようび）（に）　同僚（どうりょう）と　花蓮（かれん）へ　行（い）きますか。

下星期三要和同事去花蓮嗎？

田中（たなか）：いいえ、一人（ひとり）で　行（い）きます。 不，一個人去。

說說看

依下例說說看和誰去哪裡？

田中(たなか)さんと　日本(にほん)へ　行(い)きます。

和田中先生（小姐）去日本。

例(れい)：0 田中(たなか)さん

2 日本(にほん)

1 上司(じょうし)（上司）

1 ホンコン（香港）

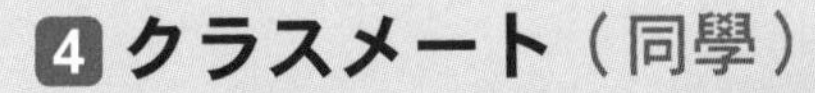

4 クラスメート（同學）

2 図書館(としょかん)（圖書館）

0 友達(ともだち)（朋友）

1 京都(きょうと)（京都）

0 親戚(しんせき)（親戚）

0 台南(タイナン)（台南）

0 同僚(どうりょう)（同事）

0 アメリカ（美國）

一人(ひとり)で　行(い)きます。一個人去。

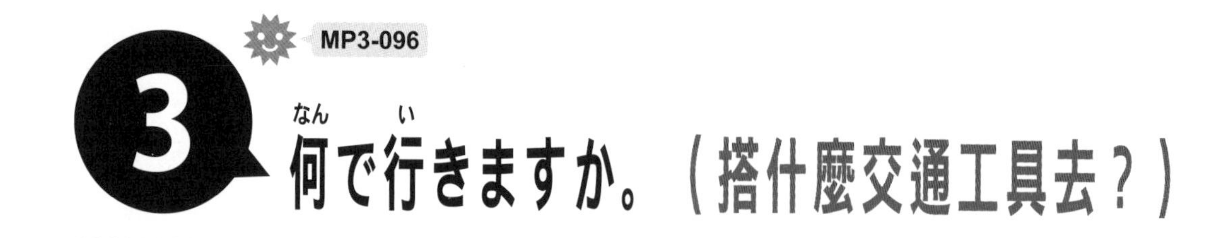

MP3-096

3 何で行きますか。（搭什麼交通工具去？）

文型

周さんは　バスで　会社へ　行きます。

周先生（小姐）搭公車去公司。

鄭さんは　歩いて　駅へ　行きます。

鄭先生（小姐）走路去車站。

會話

佐藤：林さんは　何で　学校へ　行きますか。

林先生（小姐）搭什麼去學校？

林　：ＭＲＴで　行きます。 搭捷運去。

高橋：葉さんは　何で　会社へ　行きますか。

葉先生（小姐）搭什麼去公司？

葉　：歩いて　行きます。 走路去。

說說看

想想看，下列地方怎麼去？選一選適當的交通工具。

何(なん)で　会社(かいしゃ)へ
行(い)きますか。
搭什麼去公司？

バスで　行(い)きます。
搭公車去。

0 会社(かいしゃ)（公司）	1 基隆(キールン)（基隆）	1 高雄(たかお)（高雄）	1 名古屋(なごや)（名古屋）	0 大阪(おおさか)（大阪）
0 車(くるま)（車）	3 オートバイ（摩托車）	2 自転車(じてんしゃ)（腳踏車）	1 タクシー（計程車）	0 高鐵(こうてつ)（台灣高鐵）
6 MRT(エムアールティー)（捷運）	3 新幹線(しんかんせん)（新幹線）	1 船(ふね)（船）	2 飛行機(ひこうき)（飛機）	0 電車(でんしゃ)（電車）

小叮嚀

台灣高鐵的日文為「台湾高速鉄道(たいわんこうそくてつどう)」，又稱「台湾新幹線(たいわんしんかんせん)」，略稱為「高鉄(こうてつ)」。

4 いつ行(い)きますか。（何時去？）

MP3-098

高(こう)さんは　八月(はちがつ)に　台中(たいちゅう)へ　行(い)きます。

高先生（小姐）八月要去台中。

中村(なかむら)さんは　明日(あした)　国(くに)へ　帰(かえ)ります。

中村先生（小姐）明天回國。

會話

陳(ちん)　：木村(きむら)さんは　いつ　国(くに)へ　帰(かえ)りますか。

木村先生（小姐）何時回國？

木村(きむら)：三月二十日(さんがつはつか)に　帰(かえ)ります。 三月二十日回國。

小林(こばやし)：王(おう)さん、いつ　北海道(ほっかいどう)へ　行(い)きますか。

王先生（小姐）何時要去北海道？

王(おう)　：来週(らいしゅう)の　月曜日(げつようび)（に）　行(い)きます。 下星期一去。

說說看

依下圖回答問題。

Q：いつ　日本（にほん）へ　行（い）きますか。

　　何時去日本？

A：<u>六月九日（ろくがつここのか）</u>に　行（い）きます。

　　<u>六月九日</u>去。

(1) 有數字的時間連接動詞時要加「に」

例：七時（しちじ）に、来週（らいしゅう）の八日（ようか）に、2020年（にせんにじゅうねん）に

(2) 沒有數字的時間連接動詞時，不用加「に」

例：明日（あした）、今年（ことし）、今晚（こんばん）

(3) 遇到星期～的時候，可加「に」，也可不加「に」

例：木曜日（もくようび）（に）、来週（らいしゅう）の日曜日（にちようび）（に）

(4) 還有這麼多可以說喔！替換看看！

明日（あした）（明天）　あさって（後天）

来週（らいしゅう）の～（下週的～）　来月（らいげつ）の～（下個月的～）

～へ行きたいです。（想去～。）

私は　日本へ　行きたいです。 我想去日本。

私は　病院へ　行きたくないです。 我不想去醫院。

會話

山本：郭さんは　夏休みに　どこへ　行きたいですか。

郭先生（小姐）暑假想去哪裡？

郭　：ハワイへ　行きたいです。 想去夏威夷。

田中：游さんは　明日　デパートへ　行きたいですか。

游先生（小姐）明天想去百貨公司嗎？

游　：忙しいですから、どこ(へ)も　行きたくないです。

因為很忙，哪裡都不想去。

「たい」的用法　小叮嚀

「たい」只能用於表達自己的希望或詢問他人的希望。

肯定接續 = 行き~~ます~~ + たいです = 行きたいです。想去。

否定接續 = 行き~~ます~~ + たくないです = 行きたくないです。不想去。

MP3-101

說說看

想想看，如果你有哆啦A夢（ドラえもん）的任意門（どこでもドア），在下列的特定日期裡，想和誰去哪裡呢？

私（わたし）は　誕生日（たんじょうび）に　母（はは）と　東京（とうきょう）へ　行（い）きたいです。

我生日想和媽媽去東京。

3 誕生日（たんじょうび） （生日）	3 夏休（なつやす）み （暑假）	3 冬休（ふゆやす）み （寒假）
1 母（はは）の日（ひ） （母親節）	3 クリスマス （聖誕節）	0 お正月（しょうがつ） （新年）

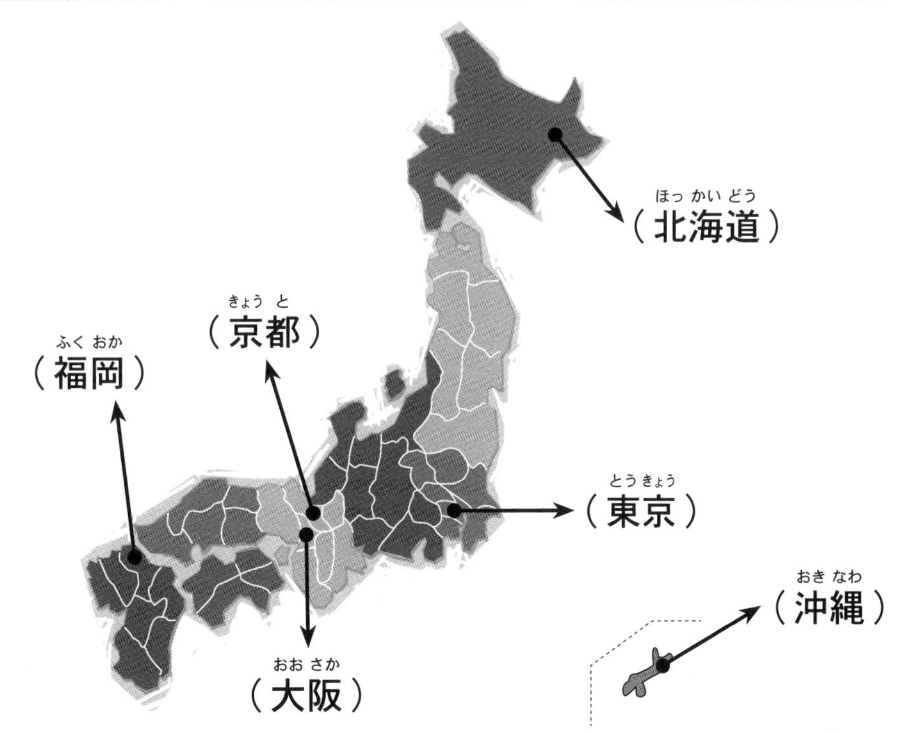

特定日子，一年只有一次，記得要加「に」。

文型解說

Aは　地方／場所へ　行きます。

本文型譯為「A前往某地」。本課學習三個表示「移動動作」的「來去動詞」，有「行きます」（去）、「来ます」（來）和「帰ります」（回）。而這三個動詞前面的助詞「へ」發音要唸成「え（e）」，表示移動方向，譯為「前往」。

去 A要前往的地方都可以用「去」

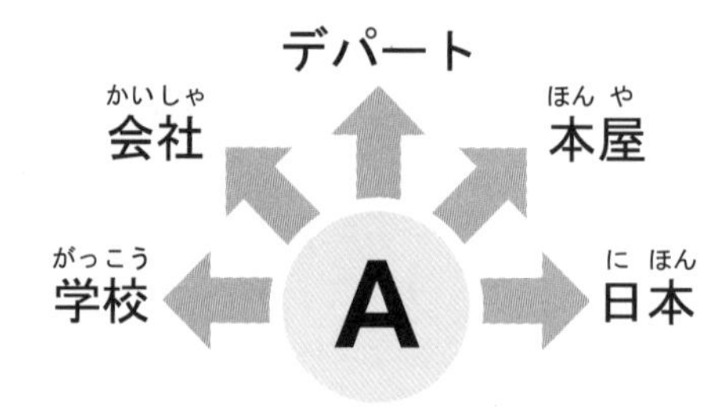

來 A目前所在的位置都可以用「來」

回 家、國家或自己所屬單位或組織都可以用「回」

林(りん)さんは　アメリカへ　行(い)きます。 林先生（小姐）要去美國。

明日(あした)　徐(じょ)さんは　会社(かいしゃ)へ　来(き)ます。

明天徐先生（小姐）要來公司。

今日(きょう)　川村(かわむら)さんは　日本(にほん)へ　帰(かえ)ります。

今天川村先生（小姐）要回日本。

Aは　Bと　地名 / 地方へ　行(い)きます。

本文型譯為「A和B前往某地」。句中的助詞「と」，指和某人一起做某動作，譯為「和」。但如果是一個人單獨做某動作時，則用「一人(ひとり)で」表示。

楊(よう)さんは　友達(ともだち)と　花蓮(かれん)へ　行(い)きます。

楊先生（小姐）要和朋友去花蓮。

伊藤(いとう)さんは　呂(ろ)さんと　デパートへ　行(い)きます。

伊藤先生（小姐）和呂先生（小姐）要去百貨公司。

汪(おう)さんは　一人(ひとり)で　高雄(たかお)へ　行(い)きます。 汪同學要一個人去高雄。

Aは　交通工具で　家へ　帰ります。

本句型譯為「A搭～交通工具回家」。句中的助詞「で」用於表示「手段、工具、方法」，在此句中是指搭乘交通工具，譯為「搭～交通工具」。但如果是步行前往，則要用「歩いて」，因為「步行」為動作，故不能使用「で」，譯為「走路」。

劉さんは　バイクで　家へ　帰ります。

劉先生（小姐）騎摩托車回家。

浅野さんは　船で　国へ　帰ります。

淺野先生（小姐）搭船回國。

私は　歩いて　家へ　帰ります。 我走路回家。

做做看

活動方式：請使用「いつ」、「誰(だれ)と」、「何(なん)で」、「どこへ」問句，完成下列表格。

Q：お正月(しょうがつ)は どこへ 行(い)きたいですか。 過年想要去哪裡？

A：北海道(ほっかいどう)へ 行(い)きたいです。 想去北海道。

Q：いつ 行(い)きますか。 何時去？

A：一月二十六日(いちがつにじゅうろくにち)です。 一月二十六日。

Q：何(なん)で 行(い)きますか。 搭什麼去？

A：飛行機(ひこうき)で 行(い)きます。 搭飛機去。

Q：誰(だれ)と 行(い)きますか。 和誰去？

A：友達(ともだち)と 行(い)きます。 和朋友去。

	私(わたし)	さん	さん	さん
どこへ				
いつ				
何(なん)で				
誰(だれ)と				

【體驗日本文化4】

商務禮儀（ビジネスマナー）OX題

覺得內容對的請填○；覺得內容不對的請填×。

1.（　　）日本上班族（サラリーマン）基本上男性要打領帶，女性要化妝（化粧）。

2.（　　）上班及下班的招呼要確實做到，通常下班先行離開辦公室的人，都會說「お先に失礼します。」後才離開。

3.（　　）轉筆（ペン回し）、抖腿（貧乏ゆすり）、翹腳坐著（足を組んで座る）等動作不傷大雅，做也無所謂。

4.（　　）桌面保持整潔清爽（整理整頓），不必要的物件或私人物品不放在桌面上。

5.（　　）在工作場合上叫對方的時候，在姓氏（苗字）後加上先生或小姐（様）就可以了。

6.（　　）電話響時，最遲也要在三聲內（3コール以内）接起電話。

7.（　　）引導訪客上下樓梯時，都要在訪客的前面引導（前で導く），顯現專業與親和力。

8.（　　）上茶給客人時，一定會使用茶盤（お盆）和杯墊（茶托）。

9.（　　）在會議室與訪客交換名片後（名刺交換），怕遺失或毀損，最好立即收起來。

10.（　　）在宴會中大家一起喝酒吃飯，對方幫你倒酒時，不要拿起酒杯，而是要把酒杯放在桌上（テーブルに置く），方便對方倒酒。

【體驗日本文化4】解答

1.（ ○ ）對的。日本上班族（サラリーマン）基本上男性要打領帶，女性要化妝（**化粧**）。另外衣服最好要整燙，香水古龍水味道不可太濃，飾品不可太誇張。

2.（ ○ ）對的。通常下班先行離開辦公室的人，都會說「**お先に失礼します。**」（我先走了。）後才離開。另外同事之間也會互相說「**お疲れ様でした。**」（辛苦了。）

3.（ × ）不對。轉筆（**ペン回し**）、抖腿（**貧乏ゆすり**）、翹腳坐著（**足を組んで座る**）等動作，會給人不好的印象，最好避免不要做比較好。

4.（ ○ ）對的。不必要的物件或私人物品，如照片、手機或個人收藏品都不要放在桌面上，離開坐位時，重要文件也都會收進抽屜裡並且上鎖。

5.（ × ）不對。在工作場合上叫對方的時候，不知道對方的頭銜（**肩書**）時，才在姓氏（**苗字**）後加上先生或小姐，若知道對方的頭銜時，就要用「**課長**」、「**部長**」、「**社長**」代替「**様**」才是正確的做法。

6.（ ○ ）對的。電話響時，最遲也要在三聲內（3コール以内）接起電話，這樣給對方的感覺是有活力且專業。

7.（ × ）不對。引導訪客上下樓梯時，上樓時要在訪客的後面（上がる時は後ろ），下樓時要在訪客的前面（下りる時は前），預防訪客摔跤並保護訪客安全。

8.（ ○ ）對的。上茶給客人時，一定會使用茶盤（お盆），先將茶放在杯墊（茶托）後，雙手端給對方。另外在上茶時，也一定從位高者開始奉茶。

9.（ × ）不對。交換名片後不可以立即收起來，應該放在桌上才是正確的做法。

10.（ × ）不對。在宴會中對方幫你倒酒時，應該要雙手（両手を添える）拿起酒杯讓對方倒酒以示尊重，因為對方不是餐廳的服務人員。

【挑戰日本通49-54】我問你答

Q49. 日本人用食指（人差し指）指著自己的鼻子，通常是表示什麼？

□「我」的意思　　□「我想」的意思

Q50. 日本人有時候會伸出大拇指（親指）來比喻什麼呢？

□女性、女朋友、女人　　□男性、男朋友、男人

Q51. 在日本想要「吃到飽」、「喝到爽」，要找有「～放題」字樣的餐廳對不對呢？

□對　　□不對

Q 52. 吃壽司時要用壽司的哪裡沾醬油呢？

□ 飯（ご飯）的部分　　□ 食材（ネタ）的部分

Q 53. 在日本電車上最討人厭的行為，排行第一名的是什麼？

□ 耳機外漏的聲音（ヘッドホンからの音もれ）

□ 大聲喧嘩吵鬧（騒々しい会話・はしゃぎまわり）

Q 54. 東京都內祈求戀愛運有名的神社是哪一個神社？

□ 東京大神宮　　□ 湯島天神

【挑戰日本通49-54】原來如此

49. 日本人用食指指著自己的鼻子，通常是表示「**我**」的意思。

50. 大拇指是用來比喻男性、男朋友、男人，小拇指（**小指**）則是用來比喻女性、女朋友、女人。

51. 對。像「吃到飽」、「喝到爽」的日文就是「**食べ放題**」、「**飲み放題**」。另外，像周遊券上面就會有周遊券（**乗り放題**）的字樣。

52. 要用食材的部分，至於是用手拿來吃，還是用筷子吃，那就看個人喜好了，不過在正式的場合則大都是用筷子食用。

Ⓐ 53. 排行第一名討人厭的行為是大聲喧嘩吵鬧，第二名是座位的坐法（**座席の座り方**），第三名才是耳機聲音太大聲外漏。

Ⓐ 54. 祈求戀愛運要到JR中央線飯田橋車站附近的「**東京大神宮**」；祈求學問、課業要到地下鐵湯島車站附近的「**湯島天神**」；祈求安產要到地下鐵浜町車站附近的「**水天宮**」；至於JR山手線原宿車站附近的「**明治神宮**」則是東京都參拜者最多的神社。

＊祈求戀愛運可到「東京大神宮」

實力養成 映画（えいが）（電影）

5 カンフー映画（えいが） 武打片	5 パニック映画（えいが） 災難片	4 ポルノ映画（えいが） 色情片
5 SF映画（エスエフえいが） 科幻片	1 アニメ 動畫片	2 時代劇（じだいげき） 古裝片
4 ホラー映画（えいが） 恐怖片	5 スリラー映画（えいが） 懸疑片	6 ミュージカル映画（えいが） 音樂片
5 戦争映画（せんそうえいが） 戰爭片	1 コメディー 喜劇片	5 アクション映画（えいが） 動作片
1 悲劇（ひげき） 悲劇片	5 文芸映画（ぶんげいえいが） 文藝片	

よく使(つか)われる動詞(どうし)

（常用動詞）

✿ 學習目標

1. 起(お)きます / 寝(ね)ます / 働(はたら)きます / 休(やす)みます
   （起床 / 睡覺 / 工作 / 休息）

2. 何(なに)をしますか。（要做什麼？）

MP3-103

1 起（お）きます／寝（ね）ます／働（はたら）きます／休（やす）みます（起床／睡覺／工作／休息）

文型

私（わたし）は　毎朝（まいあさ）　六時（ろくじ）に　起（お）きます。 我每天早上六點起床。

李（りー）さんは　月曜日（げつようび）から　金曜日（きんようび）まで　働（はたら）きます。

李先生（小姐）從星期一到星期五工作。

會話

安倍（あべ）：江（こう）さんは　毎晩（まいばん）　何時（なんじ）に　寝（ね）ますか。

江先生（小姐）每天晚上幾點睡？

江（こう）　：毎晩（まいばん）　十時半（じゅうじはん）に　寝（ね）ます。 每天晚上十點半睡。

村上（むらかみ）：簡（かん）さん、あの　店（みせ）は　いつ　休（やす）みますか。

簡先生（小姐），那家店何時休息呢？

簡（かん）　：毎週（まいしゅう）の　木曜日（もくようび）（に）　休（やす）みます。

每星期四休息。

6月

日	月	火	水	木	金	土
	1	2	3	4	5	6
7	8	9	10	11	12	13
14	15	16	17	18	19	20
21	22	23	24	25	26	27
28	29	30				

說說看

1. 問同學們的生活作息。

Q：毎朝（まいあさ）　何時（なんじ）に　起（お）きますか。 每天早上幾點起床？

Q：毎晩（まいばん）　何時（なんじ）に　寝（ね）ますか。 每天晚上幾點睡？

Q：毎日（まいにち）　何時（なんじ）から　何時（なんじ）まで　働（はたら）きますか。

每天從幾點到幾點工作？

2. 看圖回答下列問題。

Q：梅屋（うめや）は　何時（なんじ）から　何時（なんじ）まで　休（やす）みますか。

梅屋幾點到幾點休息？

Q：スーパー安井（やすい）の　定休日（ていきゅうび）は　いつですか。

安井超市的公休日是什麼時候？

そば～梅屋（うめや）

営業時間（えいぎょうじかん）　11：30～14：00

17：30～21：00

定休日（ていきゅうび）：日曜日（にちようび）

スーパー安井（やすい）　営業時間（えいぎょうじかん）のご案内（あんない）

月（げつ）～土（ど）　10：00～22：00

日曜（にちよう）・祝日（しゅくじつ）10：00～18：00

MP3-105

2 何をしますか。（要做什麼？）

文型

家で　晚ご飯を　食べます。　在家吃晚餐。

王さんと　テニスを　します。　和王先生（小姐）打網球。

一緒に　コーヒーを　飲みましょう。　一起喝咖啡吧！

會話

今井：毎朝　どこで　朝ご飯を　買いますか。

每天早上都在哪裡買早餐？

林　：いつも　コンビニで　買います。　通常都在便利商店買。

奥村：明日　友達と　どこで　お花見を　しますか。

明天要和朋友在哪裡賞花？

陳　：陽明山で　（お花見を）　します。　在陽明山賞花。

東本：来週の　土曜日（に）、一緒に　映画を　見ませんか。

下星期六，要不要一起去看電影？

趙　：いいですね。見ましょう。　好啊！去看吧！

說說看

1. 說說看並找出下列適當的詞彙用法。

例：果物（くだもの）を　食（た）べます。（吃水果。）

2 果物（くだもの） （水果）	0 お土産（みやげ） （名產）	1 テレビ （電視）	1 ビール （啤酒）
2 プレゼント （禮物）	2 レポート （報告）	0 お弁当（べんとう） （便當）	0 手紙（てがみ） （信）
0 新聞（しんぶん） （報紙）	1 0 映画（えいが） （電影）	0 雑誌（ざっし） （雜誌）	0 水（みず） （水）

買（か）います （買）	見（み）ます （看）	読（よ）みます （讀）
飲（の）みます （喝）	食（た）べます （吃）	書（か）きます （寫）

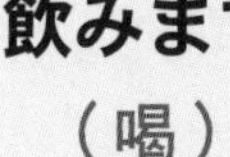

2. 參考下例來邀約同學吧！

Q：一緒(いっしょ)に　野球(やきゅう)を　しませんか。　一起打棒球好嗎？

A：ええ、しましょう。　好啊！一起打棒球吧！

0 旅行(りょこう)（旅行）	0 掃除(そうじ)（打掃）	0 洗濯(せんたく)（洗衣服）
0 野球(やきゅう)（棒球）	0 お花見(はなみ)（賞花）	0 お月見(つきみ)（賞月）

小叮嚀

如果不想答應對方的邀約，記得要說：

(1) すみません。日曜日(にちようび)（時間）は　ちょっと……。

不好意思，星期日有點……。

(2) すみません。カラオケ（內容）は　ちょっと……。

不好意思，卡拉OK有點……。

日語動詞簡介

在學習日語的過程中，動詞常被學習者視為難以突破的關卡，但其實初學者，一開始只要學會動詞的「**ます形**」，就能輕鬆和日本人交談了。動詞「**ます形**」有四個時態，分別為現在肯定式、現在否定式、過去肯定式、過去否定式。日語中沒有完成式，只分現在、過去及肯定、否定。只要是指「現在、未來、習慣、定理」，皆用現在式表現；只要是指「過去的時間」，則一律用過去式表現。

例：

中文	現在肯定	現在否定	過去肯定	過去否定
工作	働(はたら)きます	働(はたら)きません	働(はたら)きました	働(はたら)きませんでした
起床	起(お)きます	起(お)きません	起(お)きました	起(お)きませんでした
睡覺	寝(ね)ます	寝(ね)ません	寝(ね)ました	寝(ね)ませんでした
唸書	勉強(べんきょう)します	勉強(べんきょう)しません	勉強(べんきょう)しました	勉強(べんきょう)しませんでした

文型解說

Aは　有數字的時間 ＋ に ＋ 動詞

此句型中的助詞「に」，指動作發生的時間點。於固定、明確時間做某事時，一定要加「に」；另外，當固定時間為星期時，「に」可省略。譯為「A在～時間，做～」。

私（わたし）は　毎朝（まいあさ）　7時（しちじ）に　起（お）きます。 我每天早上七點起床。

方（ほう）さんは　日曜日（にちようび）（に）　テニスを　します。

方先生（小姐）星期日打網球。

Aは　時間1から　時間2まで ＋ 動詞 / です。

此句型中的助詞「～から～まで」指時間起迄，在時間後面加動詞，可表示在一定範圍時間內做某動作。譯為「A從～時間至～時間做～」。若是兩個時間緊臨，就用「と」（和）表示，如下面第二個例子。

郵便局（ゆうびんきょく）は　8時半（はちじはん）から　5時半（ごじはん）までです。

郵局營業時間從八點半到五點半。

銀行（ぎんこう）の　休（やす）みは　土曜日（どようび）と　日曜日（にちようび）です。

銀行的休息日是星期六和星期日。

學習動詞片語：「名詞を　動詞」

(1) 名詞與動詞之間要放助詞「を」。如：「**英語(えいご)を勉強(べんきょう)します**」（學習英語），此片語中的「を」可解釋為英語是被學習的內容，所以要加「を」。如：「**ご飯(はん)を食(た)べます**」，可解釋為飯是被吃的食物。

(2) 動作性名詞 ＋ を ＋ します（做～）

買物(かいもの)を　します。 買東西。

野球(やきゅう)を　します。 打棒球。

A ＋ と ＋ 動詞

本句型譯為「與A，做～」。句中的助詞「と」，是第九課學過的助詞，指一起做動作的對象，譯為「與～」；若是沒有一起做動作的對象，則用「一人(ひとり)で」來表示一個人單獨做動作，譯為「一個人做～」。

周(しゅう)さんと　昼(ひる)ご飯(はん)を　食(た)べます。 與周先生（小姐）吃中餐。

一人(ひとり)で　夜食(やしょく)を　食(た)べます。 一個人吃宵夜。

場所 ＋ で ＋ 動詞

本句型譯為「在～做～」。句中助詞「で」，表「動作發生之場所」，譯為「在～」。注意，第九課所學助詞「で」，前面是放「交通工具」，表示「手段、工具、方法」，和這裡的「で」意思不相同。

家(うち)で　昼(ひる)ご飯(はん)を　食(た)べます。 在家吃中餐。

スーパーで　魚(さかな)を　買(か)います。 在超市買魚。

バスで　会社(かいしゃ)へ　行(い)きます。 搭公車去公司。（第九課）

場所で　Aと ＋ 動詞

此句型為解說4、5之合併表現，在同一句子中，可以表達出在某場所與A做某事，譯為「在某場所與A做～」。

家(うち)で　母(はは)と　ご飯(はん)を　食(た)べます。 在家和母親吃飯。

図書館(としょかん)で　夫(おっと)と　雑誌(ざっし)を　読(よ)みます。 和先生在圖書館看雜誌。

デパートで　友達(ともだち)と　洋服(ようふく)を　買(か)います。
和朋友在百貨公司買衣服。

動詞 ＋ ませんか

本句型譯為「要不要（一起）～（呢）？」為邀請他人的表達方式。

一緒（いっしょ）に　テニスを　しませんか。 要不要一起打網球（呢）？

動詞 ＋ ましょう

本句型譯為「～吧」，為積極回應邀約或提議，也可以用於積極邀約或提議。

Q：一緒（いっしょ）に　台中（たいちゅう）へ　行（い）きませんか。 要不要一起去台中（呢）？

A：いいですね。行（い）きましょう。 好啊！去吧！

做做看

參考下例回答。

私（わたし）は　明日（あした）　（人物）と　（地點）で　（動詞）。

明天我要和（人物）～在（地點）～做～。

1 彼女（かのじょ） （女朋友）	3 映画館（えいがかん） （電影院）	映画（えいが）を見（み）ます （看電影）
0 友達（ともだち） （朋友）	2 図書館（としょかん） （圖書館）	雑誌（ざっし）を読（よ）みます （看雜誌）
4 クラスメート （同學）	0 教室（きょうしつ） （教室）	勉強（べんきょう）します （唸書）
0 同僚（どうりょう） （同事）	0 コンビニ （便利商店）	弁当（べんとう）を買（か）います （買便當）
4 弟（おとうと） （弟弟）	0 居間（いま） （客廳）	音楽（おんがく）を聞（き）きます （聽音樂）
2 お婆（ばあ）さん （祖母；老奶奶）	1 スーパー （超市）	買（か）い物（もの）をします （購物）

實力養成 何(なに)をしますか。（要做什麼呢？）

手(て)を　洗(あら)います。 洗手。	シャワーを　浴(あ)びます。 沖澡。
歯(は)を　磨(みが)きます。 刷牙。	シャツを　着(き)ます。 穿襯衫。
靴(くつ)を　履(は)きます。 穿鞋子。	シャツを　脱(ぬ)ぎます。 脫襯衫。
洗濯(せんたく)します。 洗衣服。	ゴミを　捨(す)てます。 丟垃圾。
車(くるま)を　運転(うんてん)します。 開車。	果物(くだもの)を　売(う)ります。 賣水果。
電気(でんき)を　消(け)します。 關燈。	帽子(ぼうし)を　かぶります。 戴帽子。
電気(でんき)を　つけます。 開燈。	めがねを　掛(か)けます。 戴眼鏡。
窓(まど)を　閉(し)めます。 關窗。	電話(でんわ)を　掛(か)けます。 打電話。
ドアを　開(あ)けます。 開門。	家(いえ)を　出(で)ます。 出門。
お金(かね)を　払(はら)います。 付錢。	道(みち)を　渡(わた)ります。 過馬路。

【挑戰日本通55-60】我問你答

Q 55. 要怎麼去東京迪士尼樂園（東京ディズニーランド）及東京迪士尼海洋樂園（東京ディズニーシー）呢？

☐ 搭JR京葉線在「舞浜駅」下車後由「南口」出站。

☐ 搭JR中央線在「三鷹駅」下車後由「南口」出站。

Q 56. 日本的什錦燒（お好み焼き）和廣島燒（広島焼き），最大的不同是什麼？

☐ 什錦燒多加了麵　　☐ 廣島燒多加了麵

Q 57. 日本過年過節，像是新年等節慶，大多是依照什麼來過？

☐ 新曆（新暦）　　☐ 舊曆（旧暦）

Q 58. 在日本廟宇抽籤（御籤（おみくじ））的時候該怎麼做？

☐ 和台灣一樣不用錢，直接抽就可以了。

☐ 要先投100日圓後才抽。

Q 59. 日本茶的泡法和中國茶的泡法？

☐ 一樣，第一泡倒掉。　☐ 不一樣，第一泡不倒掉。

Q 60. 壽司店的壽司（すし），正確的漢字是什麼？

☐ 關東習慣用「鮨」，關西習慣用「鮓」，「寿司」則是全國通用。

☐ 關東習慣用「鮓」，關西習慣用「鮨」，「寿司」則是全國通用。

【挑戰日本通55-60】原來如此

A 55. 去東京迪士尼主題樂園，要搭JR京葉線在「舞浜駅」下車後由「南口」出站。要去三鷹之森吉卜力美術館（三鷹の森ジブリ美術館），才是搭JR中央線在「三鷹駅」下車後由「南口」出站。

A 56. 日本的什錦燒和廣島燒最大的不同，是廣島燒多加了麵一起煎炒，比較有飽足感。

A 57. 日本過年過節，像是新年等節慶，大多是依照新曆，連端午節或七夕等節日，也都是變成以新曆的日期來過，而非舊曆。

Ⓐ 58. 在日本廟宇抽籤的時候，和台灣不一樣，會先投100日圓後才抽。先投100日圓在指定的位置，然後再拿籤桶抽出一支籤，看號碼後再拿籤詩。

* 抽籤與拿籤詩處（此圖攝於東京淺草寺）

Ⓐ 59. 日本茶和中國茶的泡法不一樣，日本茶第一泡不倒掉。這是因為烘焙方法不一樣，所以通常第一泡就可以直接喝。

Ⓐ 60. 壽司店的壽司「すし」這個字的漢字，通常關東習慣用「**鮨**」，關西習慣用「**鮓**」，「**寿司**」則是全國通用。

實力養成 音楽（音樂）

おんがく

5 ロックンロール 簡稱 1「ロック」 搖滾樂	4 ムードミュージック 抒情歌曲	4 フォークソング 簡稱 1「フォーク」 民謠
3 2 クラシック 古典音樂	1 シンフォニー 管弦樂	1 オペラ 歌劇
1 ジャズ 爵士樂	0 童謡（どうよう） 童謠	1 演歌（えんか） 演歌
1 ポップス 流行歌	6 カントリーミュージック 鄉村歌曲	

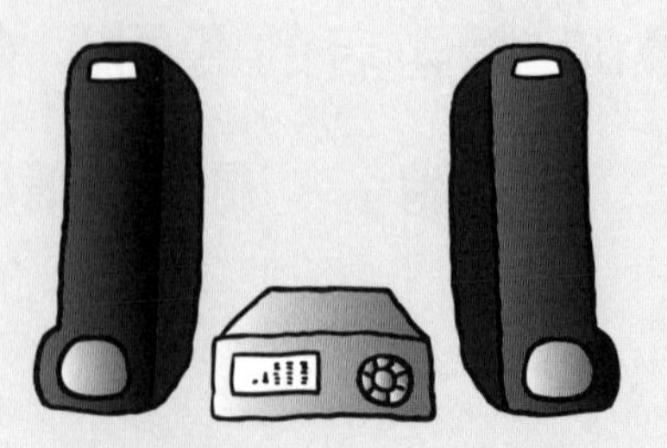

學習目標

1. 数字（數字）
2. 日本の行政区（日本行政區）
3. 世界の国（世界各國）
4. 形容詞（形容詞）

1 数字（數字）

すう じ

0	1 ゼロ 1 れい	12	3 じゅうに
1	2 いち	13	1 じゅうさん
2	1 に	14	3 じゅうよん 3 じゅうし
3	0 さん	15	1 じゅうご
4	1 よん 1 し	16	4 じゅうろく
5	1 ご	17	3 じゅうなな 4 じゅうしち
6	2 ろく	18	4 じゅうはち
7	1 なな 2 しち	19	3 じゅうきゅう 1 じゅうく
8	2 はち	20	1 にじゅう
9	1 きゅう 1 く	30	1 さんじゅう
10	1 じゅう	40	1 よんじゅう
11	4 じゅういち	50	2 ごじゅう

60	3 ろくじゅう	4,000	3 よんせん
70	2 ななじゅう 3 しちじゅう	5,000	2 ごせん
80	3 はちじゅう	6,000	3 ろくせん
90	1 きゅうじゅう	7,000	3 ななせん
100	2 ひゃく	8,000	3 はっせん
200	3 にひゃく	9,000	3 きゅうせん
300	1 さんびゃく	10,000	3 いちまん
400	1 よんひゃく	100,000	3 じゅうまん
500	3 ごひゃく	1,000,000	3 ひゃくまん
600	4 ろっぴゃく	10,000,000	3 せんまん
700	2 ななひゃく	100,000,000	2 いちおく
800	4 はっぴゃく	0.38	れいてんさんはち
900	1 きゅうひゃく	13.2	じゅうさんてんに
1,000	1 せん	3.56	さんてんごろく
2,000	2 にせん	二分之一	にぶんのいち
3,000	3 さんぜん	四分之三	よんぶんのさん

2 日本の行政区（日本行政區）

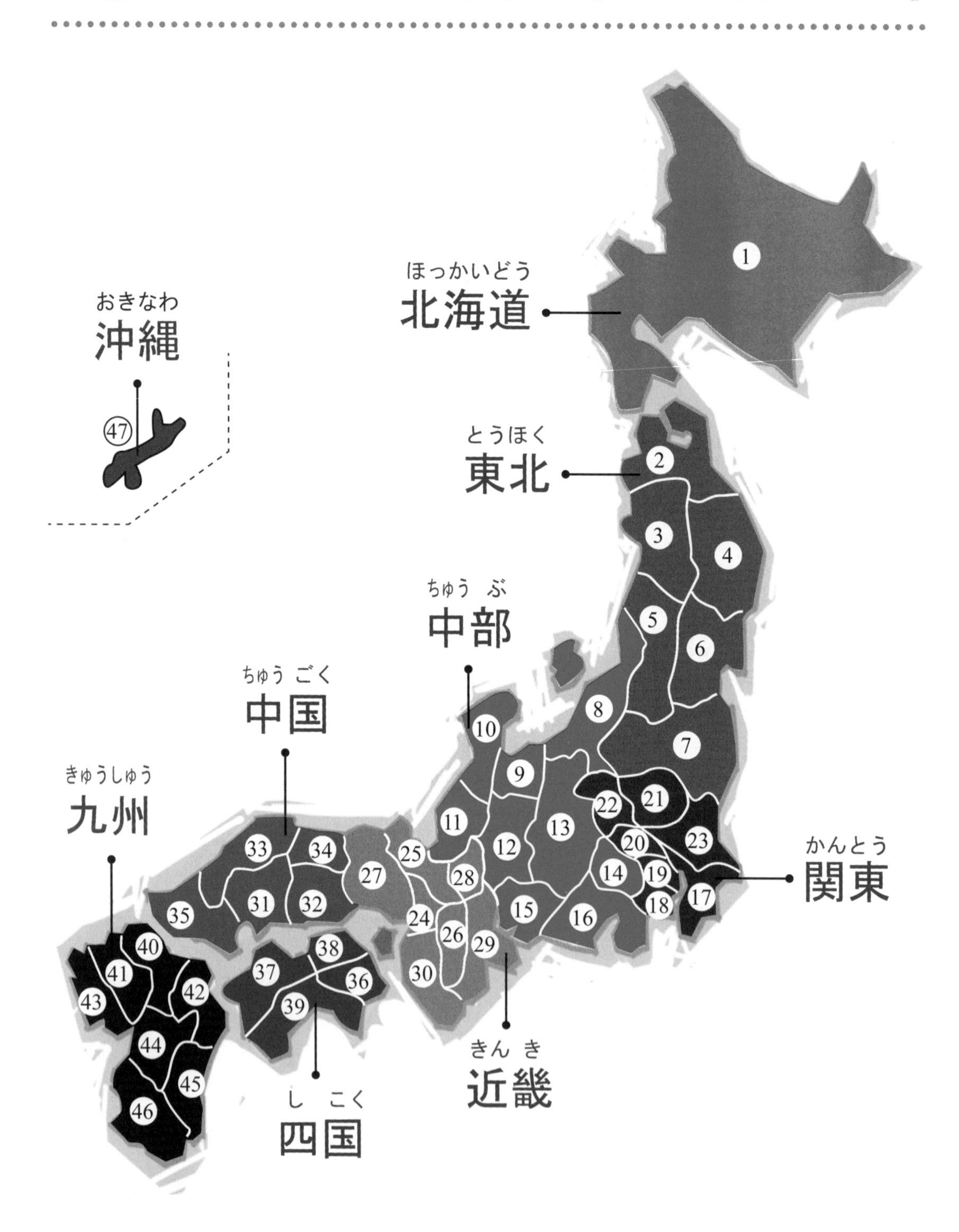

1. 北海道（ほっかいどう）
2. 青森県（あおもりけん）
3. 秋田県（あきたけん）
4. 岩手県（いわてけん）
5. 山形県（やまがたけん）
6. 宮城県（みやぎけん）
7. 福島県（ふくしまけん）
8. 新潟県（にいがたけん）
9. 富山県（とやまけん）
10. 石川県（いしかわけん）
11. 福井県（ふくいけん）
12. 岐阜県（ぎふけん）
13. 長野県（ながのけん）
14. 山梨県（やまなしけん）
15. 愛知県（あいちけん）
16. 静岡県（しずおかけん）
17. 千葉県（ちばけん）
18. 神奈川県（かながわけん）
19. 東京都（とうきょうと）
20. 埼玉県（さいたまけん）
21. 栃木県（とちぎけん）
22. 群馬県（ぐんまけん）
23. 茨城県（いばらきけん）
24. 大阪府（おおさかふ）
25. 京都府（きょうとふ）
26. 奈良県（ならけん）
27. 兵庫県（ひょうごけん）
28. 滋賀県（しがけん）
29. 三重県（みえけん）
30. 和歌山県（わかやまけん）
31. 広島県（ひろしまけん）
32. 岡山県（おかやまけん）
33. 島根県（しまねけん）
34 鳥取県（とっとりけん）
35. 山口県（やまぐちけん）
36. 徳島県（とくしまけん）
37. 愛媛県（えひめけん）
38. 香川県（かがわけん）
39. 高知県（こうちけん）
40. 福岡県（ふくおかけん）
41. 佐賀県（さがけん）
42. 大分県（おおいたけん）
43. 長崎県（ながさきけん）
44. 熊本県（くまもとけん）
45. 宮崎県（みやざきけん）
46. 鹿児島県（かごしまけん）
47. 沖縄県（おきなわけん）

3 世界の国（世界各國）

（せかい くに）

日文	漢字、原文	中文
0 アメリカ	United States of America	美國
1 インド	India	印度
0 イギリス	United Kingdom	英國
4 インドネシア	Indonesia	印尼
0 イタリア	Italy	義大利
0 エジプト	Egypt	埃及
0 オランダ	Netherlands	荷蘭
5 オーストラリア	Australia	澳洲
1 カナダ	Canada	加拿大
1 かんこく	韓国，Korea	韓國
5 きたちょうせん	北朝鮮，North Korea	北韓
4 シンガポール	Singapore	新加坡
1 スイス	Switzerland	瑞士
2 スペイン	Spain	西班牙
1 タイ	Thailand	泰國
3 たいわん	台湾，Taiwan	台灣

日文	漢字、原文	中文
1 ちゅうごく	中国，China	中國
1 ドイツ	Germany	德國
5 ニュージーランド	New Zealand	紐西蘭
2 にほん	日本，Japan	日本
0 フランス	France	法國
1 フィリピン	Philippines	菲律賓
0 ブラジル	Brazil	巴西
0 ベトナム	Vietnam	越南
2 マレーシア	Malaysia	馬來西亞
0 メキシコ	Mexico	墨西哥
1 ロシア	Russia	俄羅斯

形容詞（けいようし）（形容詞）

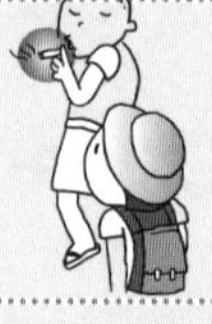

2 暑い（あつ） ↔ 2 寒い（さむ） 熱的　冷的	2 高い（たか） ↔ 2 安い（やす） 貴的　便宜的
2 熱い（あつ） ↔ 0 3 冷たい（つめ） 熱的　冰的	2 長い（なが） ↔ 3 短い（みじか） 長的　短的
1 綺麗（きれい） ↔ 3 汚い（きたな） 乾淨；漂亮　髒的	0 重い（おも） ↔ 0 軽い（かる） 重的　輕的
2 広い（ひろ） ↔ 2 狭い（せま） 寬的　窄的	3 上手（じょうず） ↔ 2 下手（へた） 擅長　不擅長
0 厚い（あつ） ↔ 0 2 薄い（うす） 厚的　薄的	2 細い（ほそ） ↔ 2 太い（ふと） 細的　粗的
2 派手（はで） ↔ 2 地味（じみ） 華麗　樸素	1 良い（よ） ↔ 2 悪い（わる） 好的　不好的
2 速い（はや） ↔ 2 遅い（おそ） 快的　慢的	3 上品（じょうひん） ↔ 2 下品（げひん） 高雅　低級
2 早い（はや） ↔ 0 2 遅い（おそ） 早的　晚的	1 便利（べんり） ↔ 1 不便（ふべん） 方便　不方便
2 好き（す） ↔ 0 嫌い（きら） 喜歡　討厭	2 強い（つよ） ↔ 2 弱い（よわ） 強的　弱的

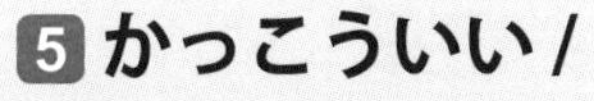

5 かっこういい/
4 かっこいい
帥氣的；好看的

3 うるさい
吵鬧的；囉嗦的

0 暇(ひま) ↔ 4 忙(いそが)しい
空閒　忙碌的

0 固(かた)い ↔ 4 柔(やわ)らかい
堅硬的　柔軟的

4 難(むずか)しい ↔ 0 3 易(やさ)しい
困難的　容易的

0 3 明(あか)るい ↔ 0 暗(くら)い
明亮的　陰暗的

3 可愛(かわい)い ↔ 2 不細工(ぶさいく)
可愛的　不好看

4 面白(おもしろ)い ↔ 3 つまらない
有趣的　無聊的

0 3 美味(おい)しい ↔ 2 まずい
好吃的　不好吃的

0 遠(とお)い ↔ 2 近(ちか)い
遠的　近的

1 濃(こ)い ↔ 0 2 薄(うす)い
濃的　淡的

0 甘(あま)い ↔ 4 塩辛(しおから)い
甜的　鹹的

0 安全(あんぜん) ↔ 0 危険(きけん)
安全　危險

1 親切(しんせつ) ↔ 2 不親切(ふしんせつ)
親切　不親切

0 2 硬(かた)い ↔ 4 柔(やわ)らかい
硬的　軟的

1 静(しず)か ↔ 2 にぎやか
安靜　熱鬧

4 暖(あたた)かい ↔ 3 涼(すず)しい
溫暖的　涼爽的

3 悲(かな)しい ↔ 3 嬉(うれ)しい
難過的　高興的

0 丸い(まる) ↔ 3 0 四角い(しかく) 圓的　四角形的	0 3 優しい(やさ) ↔ 3 厳しい(きび) 溫柔的　嚴厲的
1 2 多い(おお) ↔ 3 少ない(すく) 多的　少的	4 新しい(あたら) ↔ 2 古い(ふる) 新的　舊的
2 0 得意(とくい) ↔ 0 3 苦手(にがて) 拿手　不拿手	3 大きい(おお) ↔ 3 小さい(ちい) 大的　小的

4 美しい(うつく) 美麗的	3 楽しい(たの) 開心的	4 素晴らしい(すば) 很棒的	4 細長い(ほそなが) 細長的
2 痛い(いた) 痛的	3 寂しい(さび) 寂寞的	4 大人しい(おとな) 文靜穩重的	2 怖い(こわ) 害怕的
0 有名(ゆうめい) 有名	0 素敵(すてき) 很棒；漂亮	2 若い(わか) 年輕的	3 おかしい 奇怪的；好笑的
4 恥ずかしい(は) 害羞的	0 3 危ない(あぶ) 危險的	0 丈夫(じょうぶ) 堅固	2 辛い(から) 辣的
2 苦い(にが) 苦的	3 酸っぱい(す) 酸的	0 最高(さいこう) 最好；最棒	0 2 眠い(ねむ) 想睡的
2 ユニーク 獨特			

かい　とう
解答

【第一課】

練習活動1：

聽聽看，唸唸看：把身體部位讀音的選項填在正確的位置。

(1) あし 腳　(2) かお 臉　(3) め 眼睛　(4) みみ 耳朵
(5) はな 鼻子　(6) て 手　(7) くち 嘴巴　(8) かみ 頭髮
(9) おなか 肚子

寫寫看：確認一下各個部位的漢字寫法和中文意思。

(1) あし（足 / 腳）　(2) かお（顔 / 臉）　(3) め（目 / 眼睛）
(4) みみ（耳 / 耳朵）　(5) はな（鼻 / 鼻子）　(6) て（手 / 手）
(7) くち（口 / 嘴巴）　(8) かみ（髮 / 頭髮）
(9) おなか（お腹 / 肚子）

練習活動3：

唸唸看：把地名的漢字和假名標示結合。認識日本準備出去玩吧！

(1) 沖縄　(2) 青森　(3) 福岡　(4) 福島　(5) 大阪
(6) 秋田　(7) 岩手　(8) 奈良　(9) 広島　(10) 北海道

練習活動4：

聽聽看：寫下假名後，向大家介紹自己的家人成員吧！

弟（おとうと）兄（あに）父（ちち）祖父（そふ）
妹（いもうと）姉（あね）母（はは）

想想看：田中(たなか)さん要怎麼稱呼陳(ちん)さん的家人呢？

(1) お兄(にい)さん　(2) お父(とう)さん　(3) お姉(ねえ)さん　(4) お母(かあ)さん

練習活動5：

聽聽看，唸唸看：把招呼用語的選項填在正確的位置。

(1) おはようございます 早安　(2) こんにちは 午安

(3) こんばんは 晚安　(4) さようなら 再見

(5) おねがいします 麻煩您了　(6) いただきます 我要開動了

(7) すみません 抱歉；對不起　(8) ありがとう 謝謝

練習活動6：

進階活動：化身聲優，幫下面的圖配上台詞吧！

我回來了　ただいま

你回來了　お帰(かえ)りなさい

我出門了　行(い)ってきます

路上小心　いってらっしゃい

【第二課】

拗音

練習活動1：

想想看：如果11是這樣唸的話，其他數字要怎麼唸呢？

34 ＝ さん ＋ じゅう ＋ よん / し ＝ さんじゅうよん / さんじゅうし

45 = よん + じゅう + ご = よんじゅうご

56 = ご + じゅう + ろく = ごじゅうろく

67 = ろく + じゅう + しち / なな = ろくじゅうしち / ろくじゅうなな

78 = なな / しち + じゅう + はち = ななじゅうはち

89 = はち + じゅう + きゅう / く = はちじゅうきゅう / はちじゅうく

91 = きゅう + じゅう + いち = きゅうじゅういち

長音

寫寫看：依據規則填寫出下面（　　　）中的假名！

(1) おいしい　(2) せんせい　(3) にんぎょう　(4) きゅうり

(5) じゅう　(6) ちゅうしゃ

練習活動3：

進階挑戰：完成美食名稱後，點餐囉！「いただきます」

ぎゅう丼(どん)　しゃぶしゃぶ　ちゃんこ鍋(なべ)　焼(や)きぎょうざ

にくじゃが　ちゃわん蒸(む)し

【第三課】

練習活動1：

聽聽看，想想看：填入正確的片假名。

(1) サンドイッチ　(2) ラーメン　(3) カレー　(4) オムライス
(5) ココア　(6) ビール　(7) ジュース　(8) コーヒー
(9) ケーキ　(10) アイスクリーム　(11) カステラ
(12) ホットケーキ

練習活動2：

唸唸看，連連看：**這是誰的聲音呢？**

コケコッコー 雞叫聲　**モーモー** 牛叫聲　**ワンワン** 狗叫聲
カーカー 烏鴉叫聲　**ケロケロ** 青蛙叫聲　**ニャーニャー** 貓叫聲

練習活動3：

唸唸看，想想看：**下面的片假名代表什麼意思呢？**

(1) 史努比　(2) Hello Kitty　(3) 米老鼠　(4) 漢堡　(5) 薯條
(6) 芒果布丁　(7) 洋芋片　(8) 新加坡　(9) 英國　(10) 美國
(11) 加拿大　(12) 馬來西亞

練習活動4：

唸唸看：**填出正確的片假名。**

ニュース　シャツ　チョコ　キャンプ　フォーク　ソファー
ティー　チェス　オフィス　カフェ　ディスコ　ジュース

【第四課】

做做看：自己紹介（自我介紹）解答例

はじめまして　（陳）です。
二十一歳です。（学生）です。（職業）
（馬）年です。（獅子）座です。
どうぞ　よろしく　お願いします。

【第五課】 略

【第六課】 略

【第七課】

做做看：請兩人一組，練習翻譯下列句子並回答。

(1) 今日は　暑いですか。今天熱嗎？

はい、暑いです。 / いいえ、暑くないです。

是的，熱。/ 不，不熱。

(2) 日本語は　易しいですか。日文容易嗎？

はい、易しいです。 / いいえ、易しくないです。

是的，容易。/ 不，不容易。

(3) 日本料理は　どうですか。日本料理如何？

おいしいです。好吃。

(4) 日本語の　先生は　どんな　人ですか。

日文老師是怎麼樣的人？

優しい　人です。溫柔的人。

(5) この　教室は　～です。そして、～です。

這個教室是（形容詞）。而且，（形容詞）。

この　教室は　広いです。そして、静かです。

這間教室是寬的。而且，安靜。

(6) 今の　仕事は　～です。そして、～です。

現在的工作是（形容詞）。而且，（形容詞）。

今の　仕事は　暇です。そして、簡単です。

現在的工作是清閒的。而且，簡單。

(7) 高雄は　～ですが、～です。

高雄雖然（形容詞），但是（形容詞）。

高雄は　ちょっと　暑いですが、人が　とても　親切です。

高雄雖然有點熱，但是人非常親切。

(8) 韓国料理は　～ですが、～です。

韓國料理雖然（形容詞），但是（形容詞）。

韓国料理は　少し　辛いですが、おいしいです。

韓國料理雖然有點辣，但是好吃。

【第八課】　略

【第九課】　略

【第十課】　略

國家圖書館出版品預行編目資料

趣上日本語 新版 / 林京佩、陳冠敏、木村翔著
--修訂初版--臺北市：瑞蘭國際, 2023.12
272面；19×26公分 --（日語學習系列；77）
ISBN：978-626-7274-76-7（平裝）
1. CST：日語 2. CST：讀本

803.18 112019937

日語學習系列 77

趣上日本語 新版

作者、攝影｜林京佩、陳冠敏、木村翔
責任編輯｜葉仲芸、王愿琦
校對｜林京佩、陳冠敏、木村翔、葉仲芸、王愿琦

日語錄音｜こんどうともこ、福岡載豐
錄音室｜采漾錄音製作有限公司
封面設計｜余佳憓、陳如琪
版型設計｜余佳憓
內文排版｜陳如琪、余佳憓
美術插畫｜Rebecca、Ruei Yang、林士偉

瑞蘭國際出版
董事長｜張暖彗・社長兼總編輯｜王愿琦
編輯部
副總編輯｜葉仲芸・主編｜潘治婷
設計部主任｜陳如琪
業務部
經理｜楊米琪・主任｜林湲洵・組長｜張毓庭

出版社｜瑞蘭國際有限公司・地址｜台北市大安區安和路一段104號7樓之1
電話｜(02)2700-4625・傳真｜(02)2700-4622・訂購專線｜(02)2700-4625
劃撥帳號｜19914152 瑞蘭國際有限公司
瑞蘭國際網路書城｜www.genki-japan.com.tw

法律顧問｜海灣國際法律事務所　呂錦峯律師

總經銷｜聯合發行股份有限公司・電話｜(02)2917-8022、2917-8042
傳真｜(02)2915-6275、2915-7212・印刷｜科億印刷股份有限公司
出版日期｜2023年12月初版1刷・定價｜450元・ISBN｜978-626-7274-76-7

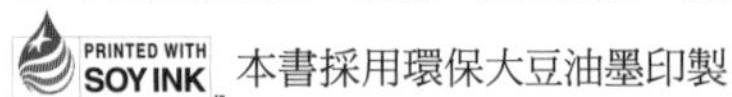

本書採用環保大豆油墨印製